Trinta e Três de Agosto

TRINTA E

Raquel Laranjeira Pais

TRÊS DE AGOSTO

CONTOS

PERSPECTIVA

Coleção Arranhacéu
Dirigida por Luana Chnaiderman Almeida

Coordenação de texto Luiz Henrique Soares e Elen Durando
Edição de texto Iracema Aparecida de Oliveira
Revisão Luiz Henrique Soares e Elen Durando
Capa e projeto gráfico Sergio Kon
Editoração A Máquina de Ideias/Sergio Kon
Produção Ricardo W. Neves e Sergio Kon

CIP-Brasil. Catalogação na Publicação
Sindicato Nacional dos Editores de Livros, RJ

P165t
    Pais, Raquel Laranjeira
    Trinta e três de agosto : contos / Raquel Laranjeira
Pais. – 1. ed. – São Paulo : Perspectiva, 2019.
    192 p. ; 19 cm. (Aranhacéu ; 2)

    ISBN 978-85-273-1167-0
    1. Contos portugueses. I. Título. II. Série.

19-60623
                        CDD: P869.3
                        CDU: 82-34(469)

Vanessa Mafra Xavier Salgado – Bibliotecária – CRB-7/6644
14/10/2019 18/10/2019

1ª edição
Direitos reservados à

EDITORA PERSPECTIVA LTDA.

Av. Brigadeiro Luís Antônio, 3025
01401-000 São Paulo SP Brasil
Telefax: (11) 3885-8388
www.editoraperspectiva.com.br

2019

Para o Tomás

Este livro, o sonho deste livro, qualquer linha
desta tentativa de suspender o tempo,
não existiria sem a amiga, mestre,
companheira de angústias e sorrisos Noemi,

sem a escuta do Leonardo
e as reflexões do João Gonçalo,

sem as astronautas FlaA e FlaC
e os empurrões da Ana Lúcia e do Estevão,

sem as leituras do Flavio e dos Escrevedeiros,

sem o apoio da Catarina e o amor do Andrés.

Deus, hoje não há salvação
A banda fez as malas e partiu
Deixou-me aqui com um centavo na mão
Há uma multidão na estação onde um homem cego canta as suas canções
Ele sim consegue ver o que eles não podem entender

É trinta e três de agosto e eu estou pousando finalmente
A oito dias de domingo estou atado a sábado

Uma vez tropecei no escuro, caí de joelhos
Mil vozes gritando dentro da minha cabeça
Acordei num carro de polícia preso por vagabundear
Fora da minha cela, com mil diabos, parece que chove

Mas agora prendo meus sentimentos perigosos com correntes e cadeado
Parece que matei a minha natureza violenta com um sorriso
Mesmo os demônios tendo dançado e cantado suas canções na minha febril cabeça
Nem todos os meus pensamentos divinos foram corrompidos.

É trinta e três de agosto e eu estou pousando finalmente
A oito dias de domingo estou atado a sábado.

Lord today theres no salvation
The bands packed up and gone
Left me standing with my penny in my hand
Theres a big crowd at the station where a blind man sings his songs
But he can see what they can't understand

Its the thirty-third of August and I'm finally touchin' down
Eight days from Sunday finds me Saturday bound

Once I stumbled through the darkness, tumbled to my knees
A thousand voices screamin' in my brain
Woke up in a squad car busted down for vagrancy
Outside my cell as sure as hell it looked like rain

But now I put my dangerous feelings under lock and chain
Guess I killed my violent nature with a smile
Though the demons danced and sung their songs within my fevered brain
Not all my God-like thoughts Lord were defiled

Its the thirty-third of August and I'm finally touchin' down
Eight days from Sunday find me Saturday bound

"33rd of August",
canção de Mickey Newbury
do álbum *Looks Like Rain*, Mercury, 1969.

SUMÁRIO

15 Prefácio [*Noemi Jaffe*]

19 L'Inverno

33 Douradas

45 Delfim

49 Trinta e Três de Agosto

59 Uma Canção

67 Naufrágio

75 O Ano do Macaco

81 O Rato Roeu a Rolha do Rei da Rússia

91 Susane Chega

95 As Flores

103 Gaivotas

113 Chuchu

121 Poções de Aveia

127 Formigas

141 Manicure

145 Darwin

151 O Pássaro

157 O Deus Gorduroso da Má Sorte

171 Guarda-Chuva

177 Araucária angustifolia

187 Sunset

PREFÁCIO

Qualquer um diria que a vitória histórica de Portugal sobre a França, no campeonato europeu de futebol de 2017, é incomparavelmente mais importante do que uma freira cozinhando durante esse mesmo jogo. Acontece que a literatura está aí para mostrar, entre muitas outras coisas, que o absurdo dessa comparação é estranhamente plausível e, mais ainda, que a irmã com seus peixes importa tanto ou mais do que o jogo de futebol.

Como pode ser assim? Esquadrinhar a fundo um instante comum, no cotidiano de uma pessoa comum – isso que a literatura faz com tamanha concretude e vitalidade –, é lançar luz sobre a eternidade do momento e ver, nesse detalhe, o conteúdo e a continência de uma vida inteira.

Raquel Laranjeira Pais faz, com uma atenção de originalidade única, o leitor ter olhos para uma mulher que se acaba na tentativa de tirar de um embrulho uma fita adesiva; uma mulher que vende bugigangas e adora óperas; uma avó que tem medo de pular de um trampolim; uma coçada, um trejeito, uma omelete. Nesse olhar preciso, o que se projeta é a complexidade dos relacionamentos, dos desencontros e, às vezes, também dos encontros possíveis.

No conto "Naufrágio", enquanto o marido lê na cama, a mulher tenta romper a fita que envolve um presente dado por sua mãe. Ela quer mostrá-lo, quer exibi-lo, enquanto lembra da infância, mas não consegue, precisa de uma tesoura, ele não traz, ela sua, imagina o conteúdo, ele traz a tesoura errada, continua lendo, ela sua mais e o leitor quase mergulha no livro para lhe oferecer a tesoura e, se possível, expulsar o marido da cama. No gesto desesperado de tirar a fita (mas por que ela não rasga o embrulho?), esconde-se a história desse casal que, visto de tão perto, passa a ser a minha história, a sua, a dela e a dele, todos náufragos, nadando em torno de nossas camas.

Enquanto Julio Cortázar cozinha uma omelete para Juan Carlos Onetti, é a morte que ronda a cozinha e que os aproxima num enlace de amizade como se leram poucos na literatura. Contudo, o que de fato os une, nesse conto, não é a fraternidade, mas verdadeiramente a omelete. E o mesmo com a unha descascada da avó que tem medo de pular de um trampolim, quando o neto se oferece para pular com ela, fazendo-a finalmente tomar coragem.

Entre tantos detalhes, é também na construção muito particular das imagens que Raquel alcança o todo pela parte: "meio saquinho de açúcar e dois dedos de conversa", "destripavam-se as entranhas como uma confissão", "os talheres tilintavam revoltados dentro da gaveta", "o cheiro da pessoa tem idade", "ela habitava todos os quartos de si" e tantos outros exemplos surpreendentes que vão fazendo o leitor entrar numa espiral de sensações, como se pudesse tocar o que lê, numa literatura ao mesmo tempo densa e concreta. E essas imagens, reunidas, criam personagens entre oníricas e reais, com as quais acontecem coisas simples, que parecem fantásticas e até, quem sabe, épicas.

Além de tudo, esses contos têm o sotaque de um português que é nosso, mas por ser também de lá, do outro lado do Atlântico, contribui para a pitada de estranhamento a perpassar toda a linguagem de Raquel. Do que se fala? Como se fala? Ao mesmo tempo que entendemos, fica sempre uma dúvida: será que realmente entendi?

É porque a vida ultrapassa a lógica e a literatura ainda mais. Raquel escreve, com uma verdade extrema e inesperada, no limite entre o dizível e o indizível, trazendo à vida pessoas comuns que se tornam incomuns e singulares pela força de sua escrita.

Noemi Jaffe

L'INVERNO

Seríamos animais se não existissem certas canções.

Gonçalo M. Tavares

BREVE PRELÚDIO

Quem passasse por ali facilmente lhe poderia chamar rua da Alegria. Íngreme a calçada, o desvio como septo de nariz que ronca, mas florida, aberta. Haviam desaguado ali, um dia, migrantes de Itu: Zé dos cafés, Mariúsa do bolo de coco, Deise do brigadeiro, Maria a crocheteira, Luís o catador, Roberta a dama de companhia, Lucilda e Ludmilla, diaristas em apartamentos de luxo.

Se a alegria era da rua, era porque a alegria ali morava, na casa número oito, sob a forma de uma mulher roliça, de pele castanha como caju torrado e de infinita boa disposição. Cuidava de seus sobrinhos, cuidava dos pais de seus vizinhos, dos cachorros vira-lata, dos gatos vira-tudo. Sempre sorrindo. De seu balcão verde pendiam flores garridas que não murchavam nunca e chegava sempre, não o cheiro a feijão nem a bolo nem a churrasco, mas o som de uma música, dramática ou alegre, com vozes que estremeciam o mais insensível. Fora por essa música, uma coisa chamada ópera, que ela se descobrira viva, e vivia em cada nota, dando o tom ao dia. Aida, lhe chamavam. Não abundava o conhecimento enciclopédico, calhara. Aida, ela, era música sem letra. O nome servia-lhe como a calça de seu tamanho que ela não usava, otimista de uma dieta a começar segunda que vem, servia-lhe como um amor que não chegara nunca. Até o dia em que, por circunstâncias dignas de opereta, Aida se viu metida numa fria.

ATO I

Primeira Cena

Úmida, a terra toda chorava, o céu afiava cristais sem cor que caíam, insuficientes em sua força, machucavam por sua constância, entravam até os ossos e ali ficavam numa lamúria de árvore despida. Fosse Itália, era do norte!, sussurrou-lhe Zé dos cafés, de gorro peruano na cabeça. Calvo e esverdeado, o homem, não o gorro. O gosto da palavra tristeza escorreu-lhe pela gengiva, tristeza o corpo magro, tristeza a roupa escassa. Aida sacudiu seus cachos de boneca e com o olhar procurou a beleza: onde ela estivesse, ela a encontraria. Um casal cinzento descia a rua dos Girassóis, se queriam comprar, não pareciam saber o quê. Mão atrás das costas e olhar rijo, as gotas morriam-lhes nos ombros e no nariz afiado.

Bom dia, alegria! Olha a capinha, a pulseirinha, a florzinha de *pendrive*, para a moça, para a menina, para a mãe que lhe cozinha, bem baratinho todo o dia, cê tá entendendo? Sua licença, dona… Neide, Neide Dias, mas todos me chamam de Aida! Faça favor, olhe à vontade. Não, dona Neide, a licença de venda! Licença, licença ela não tinha. Tratava de achar, todo o dia, licença de ser feliz, de sorrir, de existir. Não estavam para poesias, e a prosa a ser, que fosse rápida. Afundaram-se em caderninhos moles e a multa foi entregue por mãos secas. Deram indicações, instruções e se foram, deixando a chuva. Aida sabia que esse dia podia chegar. Desceu a rua da alegria, nublada. Quando chegou a casa, calçou suas pantufas de coelhinha, colocou a *La Fida Ninfa* e apagou a imagem do inverno.

Segunda Cena

Antes cedo que tarde. Nada bom chegar demorando, o que vem certo, chega rápido, chega forte, chega feito. O que demora esfria como peixe marinado, come-se envinagrado, umedecido. Gostava do quente na língua, e salada era coisa que lhe dava arrepios de cachecol. Um dia no seu *stufftruck* teria até, quem sabe, uma maquininha de churros. Podia operar com o Zé dos cafés, coisa de senha, preço especial. Solavancando-se nesses pensamentos, fones postos nas orelhas enfeitadas, nem se deu conta que passara a parada do edifício. Me distraí tecendo ideias, cê tá entendendo? O moço não queria saber, olhou-a com olhos de peixe morto e bateu com o punho, o motorista ela não viu, seria do mesmo jeito, amarelo e pesado. A sucata travou impiedosa, e ela saltou ligeira.

ATO II

Primeira Cena

A fila trazia notícias de demora, e ela precisava fazer logo a tal da licença. Colou-se no moço à sua frente, e uma moça colou-se a ela, espirrando com o roçar de seus cachinhos. Seção? Bom dia, venho tratar de uma licença para a venda, cê tá entendendo? Que vende? *Pendrive*, capinha para celular, capinha para *tablet*... Antes que pudesse confirmar que estava sendo entendida, a moça empurrou o botão com a ponta da unha, comprida, pintada, uma flor desenhada com brilhantes. Tem também tatuagem de unha, como essa aí, cê tá entendendo? Onde comprou essa daí? Tá bonita demais. A moça engoliu a pressa e mostrou a unha, que sonora deslizava pelos dedos, marcava o tempo no balcão, desenhava a branco-giz sobre a pele de Aida, que delicada oferecia a mão-mostruário. Cê sabia que tem japonês até que é artista de unha? Só de unha, cê tá entendendo? Não sabia, brilhou-lhe o olho, quase tanto como a flor. Segundo andar, senha 31. Foi de escada, não era mulher de atalhos, gostava de sentir a força das pernas, os pés em destaque, o calcanhar, o arco do pé, os dedos empurrando e soltando a sandália como uma garra, o sorriso dançando ao ritmo da ancas. Aida, você por aqui? Zé dos cafés esperando a mesma licença, parece que era mais complicado ainda, alimentos-tesouro e proteções carimbadas. Cúmplices e quietos como criança que espera castigo, sentaram lado a lado, atentos à chamada. Tinham começado juntos em Itu, crescendo ainda. O pai de Zé morrera num tiroteio no bar, ninguém sabia por que, diziam que era coisa de lugar errado na hora errada. O de

Aida dera o tiro, mas de partida. Aida e Deise, a irmã gêmea, tiveram que sair e vender doce por aí. Primeiro bolo de fubá e depois brigadeiro. Mas a mãe não era boa de cozinhar. Depois caneta, lenço, *band-aid*. Deise decidira aprender a fazer feijão e Aida seguira vendendo, era boa de pessoas. Dera até para vir para São Paulo especializar-se em tecnologia e vaidades, falar inglês de principiante.

Trinta e um!

A mocinha era nova, tinha a pele manchada e sardas avermelhadas que Aida sabia só poderem significar uma coisa. Antes que nada, parabéns, ah mas é uma alegria, cê tá entendendo? A moça arregalou o olho. Dona, não fale nada! Aida acotovelou-se em surdina. Menina, mas é o melhor do mundo, eu mesma nunca pude viver isso, graças a Deus cuido de meus sobrinhos, como se tivessem saído de minhas entranhas. Lá na venda, que é isso que eu venho aqui pegar, a licença essa que diz que tem que ter, para vender as coisas, cê tá entendendo? Tem pelúcia, tem chupeta dessas que não tem química não, tem manta com a *hell kitty* ou com o *cares*, parece que vem assim com erro no inglês, não importa, o desenho é igual, cê tá entendendo? As folhas escutavam e iam sendo selecionadas com a paciência de quem cuida segredos. Flávia, teu almoço! Uma garra sobre o ombro, um frio que chegou no olho de Aida, que parpadeou contra a secura. A moça levantou-se pesada como uma tragédia. Desculpe, dona Neide. Sentou-se o inverno na cadeira. Dona, preencha e depois traga de volta, não precisa pegar senha.

A garganta de Neide estrangulou a voz.

Segunda Cena

Seguiu o dedo que apontava, nervoso, um balcão repleto. Acotovelavam-se desesperos sobre a tábua de madeira, escreviam-se suores. Esperou, abraçando as folhas. Zé dos cafés já se fora, a mocinha Flávia também. Eram tantas, e em todas lia um fim. O que vou fazer com as mercadorias? Três mil reais não dão para comprar o *truck*, o *stufftruck*. Ali se via, toda ruiva, de decote, unha recém-feita, cheirando ao perfume Carnaval, da Phebo, a verdadeira *La Donna è Mobile*! As mercadorias atrás, arrumadinhas por temática, os clientes chegando para o único *karaokedoamor* do mundo, Aida cê tá linda, e ela abriria a porta, pode sentar, pode gravar. A voz do cliente deslizando na música. Estamparia no CD o nome dela e dele, um coração enorme entre os dois, para não dar lugar a dúvidas. Cantavam Adele os mais estudados, Ivete os mais festeiros, tudo com a sua própria voz, oh, mas era uma beleza. Dava para ir na Paulista, na Faria Lima, aquilo era material para todo o público e ela ia, guardava os reais no decote. Tinha até maquininha presa no pescoço, chamando a atenção.

O ombro cutucado, desculpe... deixo com você o meu cartão. O meu trabalho é ajudar as pessoas a preencher estes negócios, a solucionar seus problemas, entendeu? Ela entendia. Não tenho dinheiro para pagar, moço... Cê tá entendendo? Ele entendia. Sorriu. Ela sorriu também, não sabia por quê. O café da manhã fervilhava no seu estômago, o calor do café puro subiu pelo pescoço até as orelhas e se enrolou em seus cachos laranja, atravessou cada fio até o cocuruto castanho e entrou pela cabeça como um friozinho que faz estremecer.

Disfarçou, apresentando-se. Neide Dias, todo o mundo me chama de Aida. Pegou a caneta com a mão direita, segurou o papel com a mão esquerda, onde nenhuma aliança fizera vinco. Arrancou a desenhar com um traço perfeito. Neide Dias. Data de nascimento? Ela não queria falar, mas também não era hora de mentir. 3 de julho, 1958. Profissão? Cheirinho de *after shave* fresco, cuidado, discreto. Aida sorria, o procurador sorria de volta. Terminou de preencher e despediu-se, alongando o olhar no seu olhar. Depois eu passo lá na sua banca, você me convida para um café, entendeu? Ela entendia.

O moço foi com o homem cinzento e entregou os papéis. O homem cinzento olhou de longe e guardou a vida da Neide numa prateleira de arame.

ATO III

Primeira Cena

Não te falei que tem gente boa ainda nessa vida?! O moço lá foi com a minha cara, me ajudou! É procurador, despachante. Cê tá entendendo? O café coado, quentinho, contou a história de janela em janela, onde braços roliços e mãos suadas sacudiam seus cachos com palavras quase religiosas, de júbilos e palpites. Regou suas plantinhas, acenando ainda às vizinhas, calçou suas pantufas peludas e colocou Vivaldi, *As Quatro Estações*. Ia dar certo, a licença, a banca, dali para o *stufftruck* era um sem parar, até os setenta ela ia, ah ela ia, sim!

Stufftruck! O primeiro do mundo. Em inglês mesmo. Compraria uma Kombi, abriria uma grande janela, nem que fosse com abridor de latas. Pintaria tudo de verde, verde cor de casa de praia, coisa bonita de ver. Aqui temos tudo, uma placa, Vanusa podia desenhá-la, e lá dentro: os *pendrives*, as capinhas para celular e para *tablet*, pulseiras da 25, ursinhos de pelúcia. Dos êxitos, etiqueta "Disnei", porta-chaves, guarda-chuvas, lenços de papel, manta polar para os bebês, chupeta *made in china* sem tóxico, e o seu favorito: o *karaokedoamor*, CD personalizado com a voz do apaixonado. Respirava fundo, contente de seus sonhos, quando uma fagulha de fogão vizinho, alguma folha mal varrida, um vidrinho mal aspirado, entrou, peito adentro. Era dor que rasgava como roupa descosturada. Procurou um alfinete no decote, mas a dor estava na pele de dentro. Perdida de seus dedos. Mantém a calma, não será coisa de cuidados, mantém a calma. Foi-se emudecendo de si para si, um cinzento opaco engolia as palavras, engolia o grito do peito que latia, fechava a vida em seu olhar. Disparos, de luz e de escuridão, e a vista assim sumindo, como quando era pequena e olhava as estrelas pelo tubo vazio do papel higiênico. Os sessenta eram uma coisa muito longínqua.

À venda chegavam fregueses altos, baixos, magros, gordos, vestidos de alegrias e despidos de festejos. Num santiamén era sábado, e em sábados de sol Aida saltava da cama mais cedo. Bom dia, alegria! Olha a capinha, a pulseirinha, a florzinha de *pendrive*, para a moça, para a menina, para a mãe que lhe cozinha, bem baratinho todo o dia, cê tá entendendo? A banca enchia-se de desejos, chaveiros para os xavecos, pelúcia para a criançada, estudantes procurando *pendrive*, CDs para o baile do fim do dia, pulseiras para os aniversários, perguntas de quem passava só, de caminho para um café, um brigadeiro. O cheiro chegou antes da voz. Fresco, delicado. Venho cobrar meu café, entendeu? Ela entendia. Entendia?

Fechou a banca suando das mãos. Queria o quê? Dinheiro ela não tinha e o viço dos vinte fora-se, deixando um quilo por ano. Soltou a cabeleira, pensando no perfume Carnaval, da Phebo, esse podia lhe tirar uma década, pelo menos. Vamos lá no café, cê tá entendendo? Ela não olhou o Zé do café, café que não fosse passado por suas mãos era traição, mas ia fazer o quê, levar o moço para sentar no banco de plástico? Tome o café com pão de queijo, moço! Eu convido, cê tá entendendo? Ele entendia. Ela pediu só café, ultimamente o queijo em bolinha dava-lhe vontade de chorar. Conversaram disto e daquilo. De onde eram e aonde iam. O café virou cerveja com pastel, e a venda foi trancada com cadeado, antes de Aida abrir a porta de sua casa.

Segunda Cena

Rodopiavam, na esquina da janela, folhas crespas de vida. A chuva vinha como uma cantiga, batia sobre o vidro e entrava ligeira por um vazio inesperado, tilintava o vidro quebrado num canto, como um gemido. Aida flutuava em outros compassos, crepitava de calor, fervilhava como champanhe, alisava e enrugava o lençol de algodão branco. Uma traça roera a ponta, o furo estendera-se como uma trovoada. Aida bordou uma flor, perfurando o tecido, de cores e de tensão, unira tecido e linha, em resistência. Deitava-se agora sobre esse lado, para que a flor, sem espinhos, não arranhasse o pé dele.

O outono de Vivaldi ecoava, distraído.

ATO IV

Primeira Cena

Sábado a venda enchia, mas Aida queria encher-se da vida que lhe chegara tarde. Ficava com ele, Luís, com o café puro, o pêssego cortado em fatia, o melão redondinho como bola de gelado, a uva sem semente, a manga sem fio, a jabuticaba crepitando nos lábios esborratados de doçura. O dedo dele desenhava o contorno da sua boca. Esta mancha, Aida, parece mesmo o mapa de Itália, entendeu? Ela entendia. Sentada em suas pernas, a mão dela toda perdida na mão dele, abandonada ao seu carinho, ao seu cuidado, vendo nascer dessa entrega o A o B o C. Vendo-se nascer NEIDE DIAS em seu pulso enlaçado. Agora você já pode assinar seus formulários, entendeu? Deixo lá na prefeitura para você, entendeu? Ela entendia. Assinava-os depois de muito ensaio, e eram tantos… mas ali com ele, com Verdi, com o dia que lhe trazia a Itália, na sua boca, nos seus ouvidos, nem custava nada.

A música corria livre pela casa, bordejando as portas, rodeando as janelas, deslizando pelas frestas, embalando as cigarras, adocicando as formigas que, teimosas, faziam ninho no degrau da entrada, e em cuja existência pousava agora o seu olhar. Colocara produto, Deise viera e colocara outro, Mariúsa fizera uma mezinha caseira. Nada. As danadas ficavam ali, sumiam como quem vai de férias, regressavam renovadas, ansiosas por apossar-se do que era seu. Pretas, rápidas, escorregadias. Uma, só de ver, dava coceira no braço, subia e descia as costas onde não estava. Várias, assim, uma atrás da outra, pata a cabeça, mornas de paixões, vazias de sonhos, com suas pernas

sem dúvidas, seus corpos sem pecados, indo e vindo... no peito
uma dor, mil formigas escavavam um longo caminho.

Segunda Cena

Sabia agora como nascia a felicidade. Não a alegria, essa já a
habitara como sua, limpará-lhe as janelas e regara-lhe o jardim.
Mas a tal da felicidade. A que faminta sorvera os dias, sedenta
gravara o seu nome em socalcos de ternura, a que pouco a
pouco se ancorara às horas e era agora um rumor de pálpebras
ao fim do dia. Ser muito feliz, ser finalmente feliz, traz uma
espécie de cansaço. Amolecida, descia a rua cumprimentando
os vizinhos, subia a ladeira até a venda, onde pendia vaidosa a
licença provisória que Luís lhe conseguira e que, carinhoso,
emoldurara.

Subiu a porta metálica, grafiteada, sem pressa, acendeu as
luzes devagar, passeando os dedos sobre o interruptor. A felicidade era esse demorar-se sobre as coisas, percebia isso agora.
Veio-lhe à cabeça a avó fazendo bolo. Batia leve, lenta e pre-
cisamente a mistura cremosa que borbulhava, o braço forte,
robusto, desenhava círculos enquanto a olhava e lhe contava
histórias de quando ela mesma fora pequena. Aida entendia
agora a avó, não estava lentificada pelos anos, mas deleitada
com os dias. Arrumou os pedidos de capinha de celular que
chegaram cedo, tinha espaço para dez de cada vez, se o cliente
queria duas iguais, tinha que esperar, e o cliente, ali, nunca
esperava. No *stufftruck* teria dez de cada uma, estava deci-
dido. Capinha era o que mais vendia, mas no *stufftruck*, para

acompanhar os discos do *karaokedoamor*, investiria em pelúcias! Bichos de pelúcia da Disney. Disney, Disney de verdade. Perfumes de venda livre, quem sabe até caixinhas vermelhas de bombons *mon cherri*, coisa que se desfaz na boca, devagar, com o licor justo para amolecer as resistências. Aida, você é melhor que cupido. Pulseira era coisa que vendia bem, no *truck* teria os conjuntos, separados por estilo, nada de pulseirinha sobreposta, em apoio de rolo de cozinha. E os *pendrives*, terceiro produto mais procurado, estariam organizados por cores: *Darth Vaders, Chewbaccas, Yodas, Stormtroopers*. Ah, e *Minions* de várias roupagens. Tudo arrumadinho, limparia todo dia, antes de abrir, com um espanador de penas, desses de filme americano. O *stufftruck*! O seu *stufftruck*!

Zé dos cafés trouxe-lhe o café costumeiro, puro, meio saquinho de açúcar e dois dedos de conversa. Tomava ele próprio o seu café e via como ela colocava as capinhas Chanel, Vitton e umas novas muito na moda, transparentes com letras coloridas, que Zé lhe disse serem profissões: farmacêutica, fisioterapeuta, advogada... Tudo de mulher? Tudo de mulher! Zé, não tem dona de *stufftruck*, não? Zé riu, com seu riso de madeira. Quando você abrir o *truck* eu mando fazer uma capinha só para você. Já não tá faltando muito não, tá chegando minha hora, cê tá entendendo? Um homem apressado acenou vigorosamente e Zé foi, e Aida pensou que ele era a palavra secura. Zé dos cafés era secura, que lhe dera sempre de beber. Continuou colocando as capinhas. *Stufftruck*! Teria a moldura já com sua licença de verdade, a máquina de churros, o *karaokedoamor*, podia até ter uns potes desses que se usam para as flores pequenas, tipo cacto, potes com carinhas, de gato, de cão, de panda, Luís disse que conhecia desses artesãos, de altíssima qualidade, disse. Ajudou a resolver a papelada deles. Ah, Luís estaria ali com ela, todas as noites escutando como foi o dia. María Callas e Tito Gobbi cantando *Tosca*, e ele recortando a Itália em sua boca, afundando-se em laranja e Carnaval. Uma preguiça de pijama desceu-lhe suave pela espinha e Aida esticou o pescoço para se alongar. Dona? Bom dia, alegria! Olha a capinha, a pulseirinha, a florzinha de *pendrive*, para a moça, para a menina, para a mãe que lhe cozinha, bem baratinho todo o dia, cê tá entendendo? Dona Neide? Eu mesma, moço, me chame de Aida, que é assim que me chama todo o mundo! O moço de azul mostrou-lhe um papel. Azul, uma grossa mancha de gordura na ponta. Você pode ler para mim, eu não sou boa de ler, cê tá entendendo? Ele entendia. Olhou a folha, silencioso, coçou o pescoço, onde talvez, uma barba, um dia, chegaria. Olhou-a. Não faz falta ler. Respirou fundo. Vim fechar sua banca, dona, penhorar tudo, dona, é penhora por falta de pagamento, dona, me desculpe. Moço, não tô entendendo, tá tudo pago, tudo certinho, pago no dia, cê tá entendendo? Ele entendia. Mas dona, um tal de Luís... Luís Antônio Fernandes. Não, dona. Você não pagou as dívidas dele...

Orelhas vazias, doendo-se do rumor de coisa nenhuma, todas as vozes caladas, suspendidas.

Ficou quieta, aquietou o tempo, aquietou o espaço, e dentro dela aquietou-se tudo. Olhava de novo por dentro do tubo de papel higiênico e não via as estrelas, só as paredes cinzentas, áridas, que raspavam o olho, seco de rugosidades, baço de cinzentos. Parado, o tempo engoliu tudo em negro, e quando a cor voltou, ela viu tudo pelo que era: a banca cheia de merdices sem utilidade, o céu prometendo trovoada, o moço da prefeitura gasto de não dormir, enrugado de mal comer. O amor de fim de vida, cobrando honorários.

Eu não sabia... cê tá entendendo? O moço olhou-a entristecido. Ai, dona, entendi, assine aqui, dona.

Pegou a caneta que lhe estendia, e o seu pulso fino pousou nas folhas azuladas.

Ela assinou:

NEIDE DIAS.

DOURADAS[1]

Se Deus-nosso-senhor soubesse o que fazem de sua casa, dava-lhe um aperto no peito e lágrimas de sangue na vista, disso não tenho dúvidas! E o papa, será de Deus-nosso-senhor a vontade feita verbo, mas não acha, irmã Alice, muita flexibilidade para as Escrituras?

Alice encolheu os ombros. Por ela a flexibilidade era bem-vinda, Deus não tinha relógio e os profetas falaram para quem os ouvia.

E os ouvintes estavam ali. Elas de rolos no cabelo, as crianças com ramelas de sonhos, os homens em esgares de ansiedade, aqui e além uma pantufa em resistência, um idoso esquecido dos dentes. A igreja repleta de vermelho e verde.

Veja, Alice, se não fosse pela irmã Adelaide, você sabe bem o que eu diria.

Tinha amor aos euros o padre António, fugia da caneca da penitência o mais que podia. Valera-se disso a irmã Adelaide, cansada de o escutar repetindo o refrão de velho amargado.

---

[1] A dourada (*Sparus aurata*) é um peixe típico do Mediterrâneo, muito valorizado na gastronomia portuguesa.

"E lembre-se do teu criador nos dias de tua juventude... antes que a corda de prata se relaxe e da copa d'ouro se despedaçar."

Um cochicho ecoou pelos vitrais, pelos santos desbotados, pela caixinha das oferendas, apagando uma vela branca que ardia vazia de esperança... António sacudiu a cabeça e seguiu a contragosto.

Da missa, os rolos seguiram para o cabeleireiro, para a pedicure, para a manicure. As ramelas saíam direitas[2] às cadernetas[3], recitando o nome dos heróis como aves-marias. As cabeças juntas despreocupadas de piolhos. Da missa os bigodes saíram para o mercado, resmungando profecias de desgraça, tão a pensar que ganhamos isto mas não há nada garantido, pronto, é um jogo, e jogo é jogo, é como a guerra, quem vai toma e leva. A lista de compras no bolso da camisa: sardinhas, pimentas, pepino, tomate, manjericão...

Padre António encontrou-se com sua solidão no confessionário, não diria a tal frase, mas que a pensava, ah, pensava!

Alice foi com os bigodes. Havia muito da vontade de Deus no mercado. Abria-se o peixe como se abre a alma, destripavam-se as entranhas como uma confissão. Gostava dessa parte, ver os adentros... Tinha mesmo que estar era na enfermaria.

Diga, menina, perdão, diga, irmã! Nada, querida, queria douradas, fresquinhas. As mãos calejadas, vermelhas como veias abertas, apalpam o cadáver. Delicadas recordam que ali houve vida, pulsou, se não um coração, um qualquer instinto. A mão esquerda apoia a cabeça, a direita, precisa, descola o lombo do

2 Sair em disparada.
3 Álbuns de figurinhas.

gelo, pinça as últimas escamas e retira a presa com amor de artesão. Arrojada sobre a tábua, a dourada encontra os restos de um tamboril, de um besugo, de um peixe-espada. Uma lâmina arranha a coceira da sua pele ressecada, partículas saltam, rijas, translúcidas, estranhamente resistentes. Um jato forte de água e o saltitar oscilante nas galochas amarelas, um dois três. Alice não entende por que saltita a galocha, uma reza rápida? Um pedido de desculpas? Mitologias privadas. Olhos brancos, bebendo o mundo, a jeitos de despedida. A faca abre-a sem pudor, da cabeça ao que seriam os pés. Alice inclina-se fascinada, uma lasca de gelo castiga-a com um friozinho no dedão. O indicador preciso, solta as goelas, arroja-as para o chão. Aberto o peixe, perde a doçura, é atirado para um papel de jornal, notícias que foram e continuam sendo: os que morrem por aqui, os que morrem por ali, mulheres esbatidas, crianças afogadas às portas de um porto que se nega a ser abrigo, alguém preso e solto sem mais palavreado, o horóscopo otimista cheio de problemas cotidianos e delicadezas de literatura de cordel "peixes: esta semana, seu carácter sonhador lhe trará problemas".

O olhar saciado, vagueou pelas cores, ondas de vermelho e verde em dança frenética, efervescente. Havia uma mecânica qualquer, um ritmo. Sucediam-se os nomes nas camisolas, em tantas se lia Cristiano... Pedem a Cristiano o que só se pede a Jesus, deixou escapar. Tem razão, irmã, é do entusiasmo, isto é uma grande coisa... pode ser uma grande alegria, bem que estamos a precisar... Pirralhos corriam, fintando o ar, marcando golos nos toldos ruços, driblando velhotas com sacolas de palha. Poupou os euros mentalmente, não podia repetir a frase feita, não pelos euros, por orgulho mesmo.

Cristo está entre nós! Acabou por dizer à peixeira, a jeitos de se justificar. Está no Cristiano também. Não podia ver mal nas manifestações de fé e amor.

Driblou ela também as velhotas, os pirralhos, as entranhas do tamboril, as folhas soltas das couves, umas pêras acastanhadas.

Irmã, venha cá, que você também é filha de Deus! A cigana estendeu o manto sobre seus ombros, e Alice, comovida, aceitou ser benzida pelo manto *made in china*, vermelho e verde com suas geométricas letras brancas.

Quer uma boleia[4], irmã? Vou lá para os seus lados! Graças a Deus! As douradas e as velas pesavam demais para uma comum mortal.

Sabe, isto não é qualquer coisa, se o Cristiano nos der esta alegria, isto não é qualquer coisa. O meu irmão, que tá lá na França, diz que aquilo é muito sério, que a coisa tá feia...

À Luísa cuspiram-lhe no metrô, Aurélia foi insultada pelo vizinho do terceiro andar, ao Manel fazem-lhe piadas no trabalho... tão desanimados, é difícil ser otimista quando se é cuspido... Deus sabe que quando se é cuspido não resta mais que ser otimista. Proibida a entrada a cães e a portugueses, riscaram espanhóis e puseram portugueses, tudo por causa da bola, tá a ver, irmã, tá a ver bem? A bola, quando tem nome de país, é outra coisa... rematou empurrando os fios castanhos, suados, para dentro do véu de faixa branca, amarelada pelo vapor das panelas.

---

4 O mesmo que carona.

José Alencar sabia dessas coisas, ajudara muita gente a fugir da guerra, mandava-os todos para Nancy. De gratidão chegavam-lhe as notícias. O Marcelo parece adivinhar tudo isso. Viu o festejo? Portugal em Paris, somos lá mais que as mães[5]. Lá anda ele, que tenhamos é calma, é *fair-play*! É muito inteligente o presidente Marcelo, diga-se o que se disser, Graças a Deus, é muito inteligente. José Alencar sabia das coisas, mas não sabia do silêncio. Quatro piscas interrompendo o trânsito, e a mão de Alice na alavanca da porta. Os dedos de Alice descobrindo a rugosidade do plástico descascado da alavanca. Se abrir a porta e sair? À *bientôt*, senhor Alencar! Deus nos livre de tamanha indelicadeza. Uma mentirinha piedosa Ele perdoaria. A irmã Aurora está a acenar, seja o que Deus quiser, senhor Alencar! O cheiro a pinho verde e calor fica para trás. Sardinhas, o gato preto da sacristia, veio acariciar-lhe as pernas, cheirava-lhe a douradas, a promessa de espinhas, acompanhou-a mimoso até ao corredor. preto e branco, fresco, até a cozinha e o cheiro a café com leite que a fazia duvidar de Deus. Enfermaria, o seu lugar era na enfermaria.

Um apresentador bem vestido mostrava a centenas de pessoas caminhando pela berma coletes refletores, bengalas, garrafinhas de água mineral. Dezenas de fiéis partiram a caminho de Fátima. A GNR montou uma operação enorme de apoio aos caminhantes, Tenente Silva, como vai ser essa operação?

---

5 Somos mais que as mães, ou seja, "somos muitos".

Tenente Silva se beneficiaria de ir a pé para Fátima ou a qualquer lado.

Vamos, irmã? O café arrefecera, engoliu-o disfarçando a desmotivação. Sopa de feijão-verde, haveria algo de mais detestável? Ela só queria cuidar dos pequenos, dos dói-dóis, dos exames de vista, das raspadelas no joelho, das mordeduras na língua quando se fala com entusiasmo...

Colheu a couve galega, as alfaces, as cenouras, entre os morangos encontrou uma caracoleta. Colheu-a também. Ficou olhando a espuma, as antenas que pareciam olhos, a casca com seu desenho em espiral, a boca que se agarrava a um resto de folha. Tens cara de Rui Patrício! Guarda-redes, guarda-cascas! O que haveria dentro de um caracol? Lugar dela era mesmo a enfermaria, mas a madre tinha outras ideias. Penitência, irmã! Paciência, irmã!

Serpenteavam carros, colina acima, apitando, piscando, uivando palavras de alento. Estacionavam, agradecidos, em dupla fila. O supermercado, derradeiro compromisso do dia. Rápido o olhar pela estante, o tremoço, a cerveja *super-bock* em *pack* promocional, as batatinhas fritas, a esperança disfarçada de economia.

Dez cebolas, vinte dentes de alho, quarenta batatas, sessenta cenouras, azeite e sal quanto baste, três quilos de feijão-verde. Para cortar rápido as cenouras o truque é molhá-las, decepar as pontas e depois, com o ralador de batata, raspar sem piedade, de cima para baixo. As mãos agradeciam a água fria, a testa desejava o mesmo, os óculos a embaciar e desembaciar.

A ladainha do padre ressoava pelo corredor, um a um com a Islândia, zero a zero com a Áustria, três a três com a Hungria, um a zero com a Croácia, um a um com a Polônia, dois a zero com Gales...

As cigarras subiam o tom, um grilo acrescentava sua voz, a luz resistia, refletindo verde e vermelho nos vidros das janelas. Um silêncio vermelho e amarelo no horizonte.

Bisturi nas extremidades do feijão-verde, e a faca rápida da irmã Lúcia sacrificando a batatinha-nova. Padre António e seu amor aos euros, pensou na tabela escondida na sacristia: um a zero para Portugal.

Nove badaladas.

Vinte milhões de pés empurrando para longe a terra, vinte pares de mãos erguendo-se aos céus.

Heróis do mar, nobre povo...

Alice colocou o feijão-verde na água em ebulição.

Nação valente e imortal...

Duas pitadas de sal, de quanto baste nada, que havia muita hipertensão.

Levantai hoje de novo...

A dourada, prateada, na grelha negra,

Ó esplendor de Portugal!...

O tomate, melhor em cubos ou rodelas?

Entre as brumas da memória...

Cebola escaldada.

Ó, Pátria, sente-se a voz...

Orégãos frescos.

Dos teus egrégios avós...

Ponha um pouco de alecrim, irmã Alice!

Que há de guiar-te à vitória!...

Coentros, alho, três gotas de limão na manteiga ao lume.

Às armas, às armas!...
Tudo a andar!
Sobre a terra, sobre o mar...
Cristo acinzentado, curvado sobre o manto bicolor, no centro de tudo.
Às armas, às armas!...
A televisão de plasma comprada para a data.
Pela Pátria lutar!...
Caras pintadas com o escudo amarelo, com o verde, com o vermelho,
Contra os canhões marchar, marchar!...
Olhos azuis, verdes, castanhos, as sobrancelhas depiladas no Cristiano.
O jogo começava.
O rumor do estádio invadiu a fria sala, deserta de detalhes, desvestida de personalidade. No centro, bebendo todos os olhares, Cristo-nosso-senhor, carregando o manto da cigana. Puxou a cadeira, contraplacado[6] em capa plástica, azul-bebé, quebrada na ponta. Sentou-se ao canto, perto da cozinha, perto do Cristiano. Os franceses avançando sobre ele como cães vadios sobre as sobras. Deus fez-nos à sua imagem e semelhança, teria Ele também sua animalidade? Cotoveladas, caneladas, empurrões e peitadas, caso se chame assim ao peito a peito de dois galos. Cristiano socorrendo-se da Virgem e de todos os santos, procurando avançar como quem caminha sobre as águas.

Irmã, as douradas já estão! Alisou a saia, poliéster cinzento que demorava sobre o corpo e foi. Espátula, travessa, luva de

---

6 O mesmo que aglomerado.

silicone do tal Ikea, uma, outra, outra, outra. Talvez faltasse, não faz mal, da emoção perdia-se o apetite.

Voltou à sala, soltou um "para a mesa" tímido. Payet crucificando Cristiano. Cristiano no chão num esgar de dor, de decepção, de horror. Fez-se silêncio até lá. Uma França inteira em suspenso. Um Portugal inteiro por respirar. Cristiano de brincos brilhantes e pele doirada, agarrado à perna, ao peito, à relva. Padre António praguejando, repetindo a frase proibida sem que ninguém lhe estendesse a caneca da penitência. Irmã Salomé saiu disparada, irmã Sara agarrada ao véu, irmã Aurora de olhar perdido.

Alice deixou cair as douradas.

Deus nos valha, estamos perdidos! Alguém disse isso? Materializara-se o pensamento em voz?

Sardinhas foi chamado a banquetear-se. Cristiano saiu de campo.

Intervalo, barrigas vazias olhando Alice. E agora, irmã? Sopa de feijão-verde. Caldo deslavado sorvido sem etiqueta, frentes aguadas. Tenente Silva distribuindo água, não esperança. Tenente Silva ia sair dali para uma operação *stop*, dessas de control de álcool, enquanto o diabo esfrega um olho… Gelatina, cerejas, pêssegos? Dedos cantando pedidos, perdidos. Devolveu as taças à cozinha, enxotou Sardinhas.

É para si, irmã Alice. Ao telefone a irmã de berço. Estão a ver o jogo? Nós vamos sair agora para o hospital, a Rosarinho não espera o fim do jogo. Que Deus te dê uma hora pequenina. O coração ainda mais acelerado. Não viu nada até ao prolongamento, rezava pela sobrinha, pelo Pepe, pelo William Carvalho, pelo Nani, pela Aurélia e pelo Manel, e até pelo Marcelo, senhor presidente Marcelo, como gostava de chamá-lo.

Irmã Alice, sente-se. Padre António estendeu-lhe a cadeira, preciso de um cigarrinho. Sardinhas, satisfeito, olhava o televisor. Fumar não fumava, vícios não tinha, graças a Deus, o que tinha eram gestos do nervoso, coisas que lhe valiam uma palmada nas costas da mão; quando em casa, a mãe a apanhava assim: tira a mão do queixo, Alice! Alice puxando a cara, as extremidades do rosto, para baixo, puxando, puxando.

E aqueles homens corriam, e Alice puxava, e eles tropeçavam e Alice parava, levantavam-se e arrancavam fatigados, e Alice recomeçava a ajuda à gravidade. O olhar capturado pelos cortes arriscados, desnudavam o couro cabeludo: riscas de vazio, orelhas desagasalhadas, cabelos amarelos em peles escuras e macias. Toureiros de outros sangues, homem contra homem, uma luta mais igual, onde, ainda assim, a sorte aparecia disfarçada de erro: uma escorregadela inoportuna, o sol que estonteava um avançado, um grito que levava o herói do campo ao medo de criança. Ou seu contrário, um grito de confiança que lembrava uma gaivota recuperando o areal. O campo era o palco do impossível. E o impossível respirava-se, aproxima-va-se. Éder avançou, Alice suspendeu o gesto. Éder agarrou a bola perto da área. Alice esqueceu a mão em pleno voo.

O impossível fez-se milagre!

Ondearam gritos, apitos, aplausos. Sardinhas pulou para a janela, as estrelas invejavam as cores que tingiam o céu de alegria.

Padre António pensou nos seus euros, ganhara, ganhara e ganhara bem. O telefone irrequieto, a família ligava de França, desligava da Alemanha, dava interrompido do rio Minho ao rio Lis.

Alice estava alegre. O coração na boca, as faces vermelhas.

Chegou-lhe o cheiro da sua casa, o pai pegando-a ao colo e gritando golo, a mãe descascando-lhe os tremoços, a trinca sonora, a capinha transparente e rija como um plástico jogada no pires. Esse pratinho rachado, insubstituível, que parecia repelir as cascas com sua barriga de trampolim. A avó, irrequieta, limpando-lhe a cara com o pano de cozinha e seu cheiro a limão e canela. Seria o Benfica, algum prémio, alguma alegria, como esta, bom, quase como esta.

Saíram para a rua. Desacostumada, Alice saiu de sandálias, sem casaquinho de malha, sem carteira. Isso, isso era outra coisa, era uma grande coisa. Seguiram as estrelas de mil cores, pela grande avenida até à praça. Cores e mais cores, apitos, saltos, pulos, danças, choros de outros choros esquecidos. As arcadas desenhavam um quadrado, as casas em suspenso abraçavam as bandeiras, cadeiras foram colocadas para os mais velhos, no centro, um campo improvisado onde uma seleção de juniores corria em tronco nu, entre uns e outros os risos em voz alta, cansados de abafos. Aqui e além um sotaque que se arrastava, sabia bem a vingança, ganhada a copa ao vizinho, não lhes podiam devolver o R adocicado, o E engolido: *Quê gran vitorria!*

Irmã Alice bem que nos deixou mal… sem douradas, sem batatas, só aquela sopa e tanta alegria, ficou-me o estômago vazio.

Logo uma voz desconhecida deu resposta… Então, padre, mas você não viu que comemos foi um belo galo no churrasco? Soltara o milho no aviário. Frango de cabidela! Chanfana de galo! A risada pegada voando para longe deles.

Alice olhava tudo aquilo, esquecida da fome, do frio. E como se Éder fosse um messias, que, por anunciar, se apresentara, como se tudo virasse possível, Alice encheu-se de coragem, segurou a questão sobre o pé, respirou fundo, esperou o olhar, esperou o silêncio, esperou a voz e rematou certeira à madre superiora:

Deixo a cozinha, vou-me para a enfermaria.

DELFIM[1]

Da falta de filhos, ao marido dera-lhe para aquilo, criava o criado. De onde viria Domingos, por que lhe ofereceram aquele dia? Domingar era mais que verbo, era costume. Por que se chama Domingos, Tomás Manuel? Ao início. Era uma resposta mais fácil, esta, que a pergunta: por que trouxeste para dentro de casa um desconhecido?

Tomás Manuel cultivava o poder das grandes coisas. Ela podia perguntar tudo em frações, mudar tudo em centímetros, nada espalhafatoso nem alargado. Nos lençóis também era assim, Tomás fechava-lhe os braços, sobre o corpo. Se queria um abraço, era ele que empurrava os braços, como quem desenha na areia seca. Por que ele se chama Domingos? Podia perguntar. Que idade é que ele tem? Podia perguntar. Por que o ensinas a escrever? Não, demasiado. Por que ele não tem um braço? Não. Por que lhe chamas mestiço se ele é só moreno? Menos ainda. Domingos aparecia de olhos negros, lábios pisados, mãos a tremer, humilhado da sova de criança em homem adulto.

---

1   Este conto é uma divagação gerada pelo romance *O Delfim*, de José Cardoso Pires, editado pela primeira vez em 1968 pela Moraes Editores.

Ela afiava os lápis, era essa sua ocupação, pequena, secundária, do jeito que ele gostava. Os cotovelos de Tomás furavam os ombros de Domingos, e cuspia mais que a gramática, que a matemática, entusiasmado a domar a besta que só existia na cabeça dele. Domingos, se eu for ao bar e beber três cervejas a cinquenta cêntimos, quanto gasto? E Domingos descansava a língua nos lábios grossos, o braço a meias fazendo sombra no caderno e revirava os olhos como quem reza com muita fé. Se falhava, Tomás Manuel dava-lhe um calduço[2] nas orelhas, uma espécie de belisco forte, e o criado fazia-se ervilha. Maria Mercês ficava. O braço esquerdo empurrando a soleira da porta, as calças de montar sujas sobre o corpo, ia e vinha e afiava os lápis.

Tomás Manuel bebia *whisky* enquanto ensinava. Era Domingos quem dirigia o carro, automático, até o bar da via rápida. Tomás cuspia cinzas de charuto e falava de si mesmo. Faria daquela besta um homem inteiro. Um homem inteiro, oiçam bem. E os homens olhavam para Domingos quieto como um cão de guarda, as chaves do carro na mão, a cabeça martelando as cervejas que o patrão bebia. Dez é bilhete de regresso.

Cinto de segurança babado e roncos pelo asfalto. Deixa o charuto cair sobre o colete, pega fogo. Um dia, um dia. Para no posto de gasolina para fazer xixi no pinhal, o charuto cai, tudo arde. Um dia, um dia. Não pude fazer nada, dona Mercês, era fogo, era fogo. Um dia, um dia. Choraria Maria das Mercês? E se fosse ele que morresse, choraria Maria das Mercês? Domingos não sabe.

---

2   Palmada.

Tomás Manuel fica no carro, é Domingos que entra em casa. Maria afia os lápis sobre a mesa. Quanto tempo passou? Não desde a aula, desde que fazem aquilo. Não sabem. Ela então acende o cigarro na piteira, tira as botas secas de terra, as calças escuras de montar, a camisa perfumada. A carne é mole. Não. É branda. Deita-se sobre o sofá, os pés curtos sobre a cabeceira. A mão dela procura. Sobe pela coxa, contorna a cueca, vagarosa, contorna o umbigo, vagarosa, contorna o peito. Maria aspira o cigarro, acaricia o fumo, Domingos aproxima--se e estica a mão. A única mão. A cinza cai na palma branca. Maria despe as cuecas, aspira, a cinza cai na mão de Domingos. Tomás Manuel no carro, o charuto apagado, uma chuva miudinha, no capô, nas portas, nos vidros. Maria despe o sutiã, aspira, solta o fumo, apaga o cigarro na mão de Domingos, atira a beata[3] para o chão e abre as pernas. Domingos abre as calças. Suja-lhe o peito de cinza. Avança e retrocede, avança e retrocede, se lhe fizesse um filho, um filho que se chamasse Segunda-feira.

---

3 Bituca de cigarro.

TRINTA E TRÊS DE AGOSTO

Era difícil pensar. Ao lado, em cima, ou talvez fosse embaixo, ainda por cima, martelavam a destempo. Três batidas síncopes e três arbitrárias. O jazz do dia, dissera ele ao abrir a porta. Tentara um sorriso, seguido de uma queda rápida para trás, em vertigem ou visão de precipício. A cabeça meneou, as mãos ofereceram o espaço inteiro. Por aqui, disse, mostrando a cozinha. O martelar ecoava com maior força. Um jazz torturante, arrisquei eu. As têmporas começavam a latejar, incômodas, e os óculos escorregavam-me nervosos, pelas orelhas, ali, feriam-me. Todo eu era ouvido, e nada ouvia que me agradasse. Para maior desespero, o ricochete metálico, fino, agudo, do que parecia ser um talher no chão.

Desculpa.

Bah, esquece lá isso. – Terminei por dizer.

Não encontro o garfo.

Supus que os talheres estavam soltos e tilintavam revoltados dentro da gaveta. Supus que a mão se enterrava ali como quem a mergulha numa saca de centeio, na bolsa engelhada de arroz do armazém. Supus que Cortázar saberia se tinha, pelo menos, um garfo.

Não tens aí umas velas?

Hã... sim.

Consegues ver assim?

Já me habituei, *che*, e não é que prefira, só esqueço que já foi de outra maneira.

Maldito. Resumia a vida inteira, dizia tudo o que imaginava que eu queria perguntar, assim, como quem fala da escuridão.

Quando os olhos se habituam, podes começar a descortinar lentamente várias entradas de luz, e pouco a pouco vais reconhecendo tudo, imagina que Flanelle vê tudo nitidamente e sempre de luz apagada.

Um roçar rápido e firme, um pequeno susto que disfarcei tossindo. O eco da tosse e da língua esponjosa, molhada, erguendo e sorvendo a água, ressoaram pelo espaço. Pequeno. A gata acudia ao nome. Pensei com horror se a água estaria em condições.

Puseste-lhe água fresca?

Como?

À gata? À Flanelle?

Água fresca, sim, esta manhã, a Carol pôs um alarme, toca todos os dias.

Pelo menos um amor mantinha-o firme.

Eu procurava um garfo e não era o garfo que procurava, esquecera o nome, nem mesmo em francês me ocorria, em lunfardo não constava e não queria, não queria dizer-lhe: *che*, esqueço o nome de algumas coisas, e nem mesmo sei se alguma vez soube onde estavam essas coisas. Era ela que sabia, e se me atrevia a lhe dizer que me tinha esquecido, ela atirava-me algo à cabeça e gritava, Ai de ti se te armas em velho! Talvez os nossos ossos fiquem um dia assim, firmes e úmidos, escorregadios e fortes, talvez o que resta de nós passe a ser cabo de faca. Talvez depois, em algum momento, o nosso corpo fique poroso como uma omelete bem feita, quebradiços como plástico barato e depois uma ponta de cigarro, um papel ardido, sem mesmo uma mensagem.

Não encontro, *che*, não encontro.

Deixa que tente.

Onetti é um homem baixo, encorpado. Acomoda os óculos como se fosse por isso que não vê, aqui. Move-se para o lado procurando-me e, sem o saber, pisa apenas os azulejos negros, a marmorite branca, a mais visível é intuitivamente esquecida. Ah, os escritores, cegos para o óbvio.

Deixa que nos sirva um *whisky*.

Ai, por favor, aí tens uma boa ideia.

Flanelle deixa a água e vem, estes dias é uma sombra. Adorada Flanelle. Não há copos na estante. Lavo à mão os que estão no lava louça.

Aqui tens.

Boa, *che*!

E os ovos?

Ah… os ovos, no frigorífico[1].

Aponto. Ele não vê o gesto, espera.

Estende-me o copo molhado, lá dentro os cristais de gelo, três, como deve ser. E é escocês, familiar, *White Horse*, barato,

---

1   O mesmo que geladeira.

bom, e nosso, de alguma forma, nosso, esteve na boca do avô, da avó, do pai, da mãe, nos beijos de boa noite, nas gargalhadas que encheram a infância. A minha mãe apreciava um bom *whisky*, e o meu pai apreciava vê-la solta, a mão guiando-a na dança. Com a idade deixava-se ficar a olhá-la, e ela sedutora e afiada, e ainda assim aquele amor, entre eles, um amor que não se pode encontrar.

Idea escreveu-me, mexida com as notícias.

Ah, Idea, que sensibilidade... Continuam essas cartas? Continuam.

Ah, Maestro, bom... suponho que não se pode ser excessivamente monogâmico.

Por carta, *che*, meto inveja a Don Juan!

Percebo o cheiro de sabão, azul, a lavadeiras de rio e suponho uma janela, embutida à força num azulejo antigo. Aberta, talvez. Entra o fresco da noite, e na língua fica o travo quente do soalho, dos carros, das coxas das meninas que pedalam rua afora, o calor de um agosto que vai mais além. Um agosto de trinta e três dias. Antes que nada retorne, antes que tudo se acabe.

Tens um cigarro?

Sinto o papel fino, e o isqueiro devolve realidade. Estou ao lado da geladeira, a janela do lado esquerdo, ele diante de mim, escondido naquelas mãos. As mãos como um corpo inteiro, haveriam de passar mil anos e um dia, e aquele homem continuaria a ser mãos. Mãos de terreno alheio ao velho continente, mãos de planície, quilômetros de vento e espuma, de árvores secas e vacas pacientes. E a unha com a dureza da terra, que ainda não se sabe de vinho, de azeite, de pedra.

Procuro-lhe o olhar, mas as lentes estão sujas, ele não quer ver.

Não o posso censurar.

A escuridão é o medo dos amantes e o conforto dos amigos. Em Banfield as ruas pouco iluminadas favoreciam o amor e a delinquência, e eu sabia, sempre soube, que também a amizade. Sabes que pensei estes dias, com grande assombro? Que a amizade, aquela amizade que eu e tu e aqueles que viveram nosso tempo, não só na Argentina, mas no Uruguai, conhecemos. Aquela amizade fraterna, de confiança, de nudez absoluta, é uma experiência. Bom, penso eu, só se dá dessa maneira no rio da Prata, entendes o que te digo?

Somos mais românticos ou mais absurdos?

Não sei, provavelmente nem mais românticos nem mais absurdos. Quero pensar que o homem, quando se dá, o faz com algum sentido.

O homem, quando se dá, alguma vez se dá, completamente? Sempre há uma espécie de reserva, de dureza, de indício, de solavanco. Nem no amor, bom, que digo, sobretudo não no amor. De mentira, sempre algo de mentira. Todos mentem, como se nomear as coisas as pudesse chamar.

Hum... descobrir a desconfiança, descobrir a morte. É sempre uma dor, uma dessas dores infantis, profundas, como essa. Estes dias contei a Carol de um livro, bom, uns textos que escrevi quando era muito jovem. Confiei a sua leitura à minha mãe... ela não acreditou que eram meus... bom, teve uma dúvida, uma dúvida envergonhada.

Eram só bons demais, *che*, qualquer mãe duvidaria.

Mas a minha mãe não é qualquer mãe. A nossa mãe e todas as outras não se parecem em nada. Carol! Ah...

Precisas de alguma coisa?

Sim, estava a pensar numa frase, queria citá-la bem, e bom...

O fogo arde na garganta. O *whisky* deslizando, quente e frio, um mesmo fogo. Flanelle vê tudo e tudo entende, e está triste e não sei o que lhe dizer. São tantos os amigos de olhos postos em mim, e eu tão sem nada o que dizer. Foi-se antes de mim e deixou-me irremediavelmente só.

Faço-te uma tortilha?

Tortilha?

Faço a melhor tortilha do mundo!

Sempre humilde! Se tu dizes, Maestro...

Santa Maria proíbe a humildade.

Rimos e isso dói-me, deveria roer o riso, arrancá-lo da face, enterrá-lo em terra fresca e ser-lhe sombra e fruto. Ah, Carol...

Duvidas?

Não, não...

Ah, duvidas, olha se não serás filho da puta!

Tosse de rir, mas ficou nervoso, tudo é sério para ele, e a tristeza, única seriedade dos dias, é afastada com demasiado esforço.

Estás em Paris, Juan Carlos! Aqui come-se omelete!

E o que é isso do lado de uma tortilha, com a cebola macia, empapada, doce, a batata crocante, o ovo afundando-se no garfo.

Não sou um cavaleiro do ovo, mas a cebola da omelete, o tomate picadinho, o queijo sutil, a elasticidade deslizando no prato...

Percebo a estupidez, bater ovos de outro, regras e receitas para afastar as dores alheias e, ainda assim, no fresco da noite, nada parece ainda valer a pena, nenhuma luta parece ser urgente.

Faço-te a tortilha, então, e me dirás! Não acredito que defendas a omelete, o ovo negro da família galinha.

Apostas?

Aposto!

Longo e ligeiro, Cortázar afasta-se. Pelo tilintar do vidro, tigelas, garfo, um apenas, e os ovos são procurados na despensa. Sei que ele tem razão e que pouco importa, e ainda assim uma raiva fina atravessa-me a espinha. A sobriedade dos gestos, das palavras, a denúncia muda que faz à vida. E o conto volta, os dias em que bati mal, em que, como um rato, mastiguei a inveja, a indignação, a admiração e o respeito, e em parte lhe desejei um doer-se. E agora ele, na dor, só um homem, frágil. E estranhamente forte. Uma espécie de Liberaij feito pessoa.

Ah, *che*, finalmente!!

Da despensa emergiu luz.

A postos?

A postos!

Os dois frente à estante, a porta de cima, descaída, roça a cabeça de Juan Carlos Onetti. A porta debaixo, descaída, morde mansinho o pé de Julio Florêncio Cortázar. Tudo o que havia na geladeira foi disposto na bancada. Os ovos crepitam e gemem de alívio antes de seu tímido vômito. Crepitam batatas acesas, mansidões de açúcar e cebola, o queijo é partido com as mãos e oferecido. Não há facas e sobram colheres. Diante dos dois, copos amarelos afogam e semeiam. O silêncio perde a casca.

Restam-me pouco anos, Maestro.

Não digas isso, *che*.

Sei. Desde... faz uns tempos. Falhei como vampiro – tenta um sorriso que não surge –, uma das tantas transfusões não estava bem.

Não me digas isso, *che*, não me digas isso.

Pensei que seria a Carol a chorar-me e, olha, sem ela as coisas parecem voltar ao seu ponto de partida. E direi ponto de partida sabendo que erro não é ponto de partida, no início eu gostava de estar só, precisava estar só, e agora preferia não estar.

Tens os amigos, *che*, os livros, as lutas que começaste, tens a Flanelle.

Sou só um autonauta da cosmopista, Maestro. Há viagens que são de dois.

Juan solta o garfo. Com raiva apaga o fogo, anônimas as batatas sossegam, a cebola agarra-se à frigideira. Acende um cigarro.

Merda, pa, isto, *che*! Merda, pa, isto!

Julio ri, como se ri ele, como a criança que não foi, e depois arrependido e sisudo, como a criança que sim foi. Imita o gesto e solta o fiambre no chão, para a gata. Acende um cigarro. Serve "cavalos brancos".

Merda, pa, isto!

Atravessado por um raio que não esteve, estremece inteiro e começa a rir, a rir, a rir. E as gargalhadas ecoam pelos azulejos sujos, pelos tijolos quebradiços, fazem tremer o vidro aberto.

Merda, pa, isto! Será um filho da puta o teu Brauser!

E Juan, atrapalhado, ri. Tosse. E ri. E ri e tosse.

Ainda morro antes de ti, *che*!

E Julio não ri mais, e olha-o.

Não te atrevas a ganhar-me nisso, Maestro!

E Juan coça os olhos e diz algo da cebola, que maldita cebola. Por dentro sacode-se como criança no primeiro dia de escola, e o peito rasga-se-lhe de dor e alegria, o maior elogio da sua vida.

Ah, foda-se! Tens pimento?

Tenho!

E forno?

Tenho!

Façamos o que sabemos fazer!

E o pimento vermelho dilacerado ao meio adocicou a noite, e as sementes soltando-se devagar refrescaram os dedos, e o ovo partiu-se dentro da concha vermelha. E os dois homens olharam o forno. E o fogo que os devolvia a casa.

UMA CANÇÃO

Linha quatro, marrom, que é como os espanhóis dizem castanho. Como o doce, marrom glacê. No topo das escadas diz Argüelles, rua Augusto Aguilera. Um par de escadas levam a dois lados de uma só via. Como um quadro de Escher. Nos ladrilhos castanhos ecoa:

Ge-no-vê-vá. Ge-no-vê-vá. Ge-no-vê-vá.

Os ladrilhos são como azulejos, pequenos, de fundo de piscina. Parecem sujos de gasolina, mas é a cor deles, castanha. Talvez por isso se chame assim, *línea marrón*. As paredes tem alguns lampejos de azul cueca, plástico. O chão de cimento brilha, faz-me pensar no fim do mundo: o céu estrelado, sujo de pastilha elástica.

Ge-no-vê-vá. Ge-no-vê-vá. Ge-no-vê-vá.

Uma mulher baixinha ao meu lado despalitava as unhas de gel com uma caneta Bic. Não com a tampa, mas com o bico. Não dava para ver se ficavam pintadas por dentro, porque o verniz era escuro. Os outros seguiam com os olhos o gemido. Uma mulher sentada à beira do canal, as pernas caindo para o vazio e ela gemia.

Ge-no-vê-vá. Ge-no-vê-vá. Ge-no-vê-vá.

Uma ladainha? Não era nem tristeza, nem raiva, nem espanto. Era quase canção. Uma canção de ranho e recusa. Não trouxe lenços de papel, não tenho para lhe dar. Guardo sempre antes de sair de casa: bolsa, chave do gabinete, carteira, chave de casa, lenços e telefone. Sinal que é primavera, eu espirro mais no outono. O outono é como esta linha de metrô. Ge-no-vê-vá. Ge-no-vê-vá. Ge-no-vê-vá.

A mulher que geme tem um telefone na mão, parece *iPhone*, uma capinha de plástico preta pousada sobre a perna, a perna com a panturilha caindo para o vazio. Ao lado dela a Amarelinha, de pé, perfura o chão com o salto. Genoveva, é esse o nome dela. Parece Génova, a cidade da estátua do Colombo, com bom peixe e boa *farinatta*, que é uma espécie de pizza sem glúten. Crocante.

Ge-no-vê-vá. Ge-no-vê-vá.

Há meses que venho seguindo a Amarelinha. Entra na estação de metrô Argüelles, e sai na Alonso Martinez. O café toma-o no Starbucks de Santa Engrácia. *Latte* grande, uma bolacha de aveia. O atendente desenha a marcador no copo: uma caricatura dela, com franjinha e *trench coat*.

Ela não usa *trench coat*, mas um casaco amarelo, felpudo, como se fosse pelo de tigre e perdera as linhas para ganhar cor. Debaixo da bonequinha, o atendente escreve: Genoveva. E sublinha a casinha onde está escrito: Quente, cuidado, bebida quente.

Ela fica ao lado da porta à espera de que alguém entre ou saia do Starbucks. No metrô também faz isso. O botão amarelo pisca e o metrô faz aquele som de escavadora por descarregar cimento, pedras. Ela não clica no botão. As pessoas fazem tschk, tschk, chamam-lhe nomes sem batismo e gritam chegue-se para o lado. E ela nada. Tem nojo do botão de abrir as portas. E então?

Não é por isso que lhe vou tirar a vida.

Ge-no-vê-vá. Ge-no-vê-vá.

Também tomo o café ali, gosto de beber na porcelana, não sei como seria uma caricatura minha. *Cappuccino* e *croissant* na chapa, com manteiga e marmelada de morango. Não gosto de morango. O cheiro dá-me a volta ao estômago, mas eles não têm de outras frutas. Deixo o cubinho ao lado dos açúcares. Normal, mascavado, de coco. O café é caro ali, uma vez vi uma barata com asas, o que é estranho porque estamos no hemisfério norte, e desconfio que haja ratos. Tiram bem o café e os sofás são cômodos. Além disso, o rapaz do caixa pede sempre intervalo quando chego. Vamos ao banheiro de funcionários. Ele cheira a musgo e, quando sua, é uma floresta.

A chorona, em espanhol Llorona, toma o café ali, com a Amarelinha. Abre-lhe a porta do Starbucks, duas vezes, uma para entrar e outra para sair. Deixa-a provar o seu *cheesecake* e beber da sua garrafa de água. Às vezes paga-lhe o café. Genoveva não retribui.

Não é por isso que lhe vou tirar a vida.

Ge-no-vê-vá. Ge-no-vê-vá.

Gosta de passar na frente, de velhos, de deficientes, de crianças, de grávidas. Espera depois da limitação amarela com bolinhas. Os cegos bem que a procuram, só encontram a perna dela. Procuram mais longe e encontram o fim do chão, o que se poderia chamar abismo, ou berma, ou nada. Tremem e voltam para trás. Contornam o casaco amarelo que não é um *trench coat*, mas uma mancha felpuda como se fosse pele de tigre ou um pintinho de brincadeira. Nesta estação entram e saem muitos cegos, alguma associação. Alguns trazem cães, eu sou alérgica e espirro. Ela acotovela, *Que pasó?*, pergunta a baixinha das unhas de gel. *No tengo idea.* Sacode os ombros e puxa a tampa da Bic. Raspa os dentes com ela e olha para a Lhorona, que geme:

Ge-no-vê-vá. Ge-no-vê-vá.

Um cotovelo é uma arma eficaz. Um bicada de pássaro na hora certa, e a pessoa cai. Uma pressão no sítio certo e a pessoa afoga-se para dentro. Ela sabe isso, bicada certeira e passa à frente, liderando uma corrida que não existe, as argolas de ouro tremem de urgências. Depois para e recompõe o cabelo. O cabelo louro, como pelo de tigre, que perdera as listras para ganhar cor.

É por isso?

Ge-no-vê-vá. Ge-no-vê-vá.

Quem sabe.

O metrô chega, clic clic, o barulho de escavadora e entramos todos. De um lado e do outro. Somos obrigados a dizer *buen día* e a estender braços, *despúes de usted*. Procuramos lugar para nos sentar, com calma, é inicio da linha. Alguns caminham até ao final do trem que é também o seu início.

Amarelinha e e Llorona entram. As pessoas evitam tanto uma como a outra, mas olham pelo rabinho do olho. Um bebé chora e a mãe faz de conta que não ouve. Envolveu-o em mantas polares, ele chora de calor. Ela finge que não ouve. Uma velha diz-lhe: *Tiene calor tu hijo, por Dios*. Uma mancha de urina numa cadeira ameaça invadir as cadeiras vizinhas. As pessoas sentam-se e olham, acreditam que evitarão a tempo a onda amarela. Procuro com calma dentro da minha pasta. Tenho um lenço limpo dentro de um fiapo de plástico. Caminho até a Llorona e ofereço-lhe. Espreito-lhe o telemóvel.

A mensagem é uma foto. Genoveva sem casaco amarelo, nua, tão nua. Com a cara esborrachada entre a parede amarela, tão amarela, e a cara de um homem, vermelha, tão vermelha, deixando cair baba e sêmen num hotelzinho de Moncloa. Vê-se a torre do *ayuntamento* ao longe.

Ge-no-vê-vá. Ge-no-vê-vá.

Deve ser marido da Llorona.

É por isso que a mato?

Ge no-vê-vá. Ge-no-vê-vá.

Quem sabe.

O olho no seu derradeiro parpadear terá gosto de azeite e sal espreguiçando-se no pão fresco da manhã? Se enterrar as mãos com força no casaquinho amarelo, posso sentir o ponto onde os pelos foram cosidos ao poliéster, apertado, em cruz? Deve cheirar mal ali. As migalhas de aveia fazendo ninho nas costuras, comendo grãos soltos de açúcar e se cai café declaram que é outono, castanho e chuvoso.

Ge-no-vê-vá. Ge-no-vê-vá.

O seu pé dentro das sandálias douradas, gastas. Que força terei que fazer? O pé magro, os ossos frágeis, pedindo desejos, a meia presa no meu sapato. Um furo na meia-calça. Ferindo--se em rastilho, um dominó de distensão. A unha vermelha, encravada, comprimindo, furando a carne e eu empurro, e ela caindo, e o olho dela, que se abre por inteiro e sabe que vai fechar, vai fechar. A malha não sustenta respirações.

Ge-no-vê-vá. Ge-no-vê-vá.

A crise apagou o segurança e não vale a pena manter a câmera a gastar eletricidade. A estação quase vazia. Argüelles é território de idosos: dormem cedo. Argüelles é território de estudantes: voltam tarde.

Ela não me conhece. Eu não a conheço.

Genoveva é nome de crime perfeito.

Ge-no-vê-vá. Ge-no-vê-vá.

Avanço para ela, os meus sapatos ecoam no túnel como um coração que palpita. Ecoam tão forte como o gemer da Llorona, meses atrás: Ge-no-vê-vá. Ge-no-vê-vá. Chego perto, tão perto que sinto como cheira a limão, os cabelos a Pantene. Previsível Genoveva.

Ge-no-vê-vá. Ge-no-vê-vá.

Disculpe.

Ela gira, o nariz empurrando os cabelos para trás, a raiz é branca, na ponta do nariz a base ressequida.

Qué?

Voz aguda, cheirinho a limão, um *tic-tac*?
Su madre, vive?
Ela abre os olhos. Ah… aqui está o abrir de olhos.
Que pergunta es esa?
Responde Amarelinha, responde devagar, deixa-me beber
o teu hálito, a tua voz, o teu olho, que se abre. Como é bonito
o que é feio.
Su padre, su madre, viven?
O olho, o olho…
No…

O coração acelera-se. *Ge-no-vê-vá. Ge-no-vê-vá.* Uma alegria
invade-me. *Ge-no-vê-vá. Ge-no-vê-vá.* Tenho sede. *Ge-no-vê-
-vá. Ge-no-vê-vá.* Ponho as mãos nos teus ombros, quase peito,
quero sentir o teu coração que lateja. *Ge-no-vê-vá.* Saboreio nos
teus olhos a perplexidade. *Ge-no-vê.* O grito que pede ajuda,
enraivecido, ao mesmo tempo pede desculpa. Prendo o teu pé
e empurro. *Ge-no.* A flexão do meu braço, como um pássaro
libertando-te as asas. *Ge-n.* Oiço tua espinha quebrar.

Ao longe o apito do trem.

Ge… *Ge- ne- ve- pas travailler, Ge- ne- veux- pas déjeuner,
Je veux seulement oublier, Et puis je fume.*[2]

---

2 *Je ne veux pas travailler*, de Edith Piaf.

NAUFRÁGIO

*Quanto a mim, estou de fato muito bem,
depois que aceitei estar sempre mal.*

Gustav Flaubert

Tens os pés frios. Desculpa, vou pôr meias.
A cama range, balança, barco magro em lagoas estéreis.
    Onde estão as minhas meias? Terceira gaveta. Ah.
Meias calçadas, rotas no calcanhar, e por dentro, ligeiramente
coçadas. O pé sempre fora desses que se esgueiram para dentro
a qualquer oportunidade. A cama range de volta, o náufrago
quer subir, não, escorrega, atrapalha-se entre o mar de flanela
e o mar de lã.
    Melhorou? Hã? Se os pés já não estão, tão frios? Ah, não,
já não.
Sorri-lhe, parece uma menina quando lhe sorri, assim. Observa
como ele se cobre.
    Não terás calor? Achas? Talvez seja melhor tirares a segunda
camisa. Ah, tá bem, depois, agora quero ler um bocadinho. Ah,
tá, eu também. É um livro sobre a população síria, católica,
no Brasil. No sul? Não especificamente, por todo o Brasil. Ah,
no sul também eram sobretudo italianos… Está interessante…
Ela já lê, *O Livro do Teste da Figura Humana*, tantos risquinhos
sobre bolinhas, gostava mais de quando era a *Pessoa Debaixo
da Chuva*, um pouquinho de realismo pictórico…

Ah, esqueci-me de te contar.

Pula da cama, mergulha a direito no tapete gasto, no seu tempo chamava-se prego, prego perfeito aquele tipo de salto.

Fui ver a mamã, ela deu-me isto, disse toma, mariazinha, que eu sei que tu sempre gostaste dele.

Ela sobe na cama, punhos adiante, joelhos seguem, pulo de gorila velho, ainda se vê ágil, mas o corpo, o corpo está torcido, desequilibra-se, recupera. Amortalhada, amarelecida, qualquer coisa que se esconde. Ele espirra.

Dá-te alergia? Sim, um pouco. Ah. Teve guardada na casa dos teus pais?

Ele imagina que possa ser o telescópio, bronze, sete centímetros de diâmetro, cento e dois de comprimento, uma peça raríssima no Uruguai.

Se houver outro como esse no Uruguai! Hã?

Ela luta com a fita adesiva, dedos sem unha, dentes sem serrilha.

Nada, nada…

Não lhe pode tirar o prazer de lhe dar essa surpresa, o tamanho bate certo, é isso mesmo, vai ser o telescópio. A sogra sempre gentil com ele, Alva leva o telescópio a Silvano, estamos por morrer e não quero que ele fique nas mãos dos teus irmãos, que nunca estudaram nada que transcenda, e são uns brutos, não como Silvano, que se dedicou desde a sua juventude a entender os tempos e a iluminar os nossos jantares com suas reflexões, meu querido genro. Ah, sim, fora assim que acontecera, e Alva teria derramado uma veia no olho seco, lágrimas não eram com ela, embrulhara como pode, nunca tivera jeito para as manualidades. É uma vergonha este embrulho, mas Deus me livre de lhe explicar como se deve embrulhar, a mulher (a sua, mas ele não é dado a sutilezas) é um ser dócil, só em aparência, basta lhe dirigir o menor reparo, como aqui, seria dizer Alva, não se embrulha um telescópio de alto valor econômico-histórico-familiar como se fosse uma árvore de Natal de plástico! Para quê? Despertar o dragão. Ela continua na luta, saliva, cuspo e nada.

Não me podes trazer uma tesoura?

A cama range, balança, barco magro em lagoas estéreis.

Este homem, se não se lhe pede algo com todas as letras... A tesoura, por favor, a tesoura... Ele não mexe uma sobrancelha. Não percebe que estou feliz com esta lembrança da minha mãe, logo ela, que não é de me dar nada. Não me deixa um espacinho para que abra os braços e tire esta cinta. Caramba, que porcaria de cinta, devia estar ali faz muito tempo, talvez tenha sido a Irene que a comprou na loja de ferragens do meu sogro. Que obsessão que ele tinha com o rijo, rijo, duro, resistente, rijo, duro, resistente, ah, mas não dá para acreditar!

Silvano, esta é uma tesoura de unhas! Sim, não serve? Silvano, preciso de cortar cinta Durex, e não matéria morta! Sei que é um clichê, cientificar os argumentos, mas com ele funciona. Ele levanta os ombros e descai o olhar. Não vai perguntar-me se quer que ele tente, já voltou para o livro.

Uma tristeza antiga invade-a, é pequena e joga pega-pega com os irmãos, corre para dentro da casa, fresca, sabem que ela vai ser a primeira a ser apanhada, e por isso nem a chamam, o que a revolta. E assusta. Por que não a chamam? Hoje não, hoje ela entra no quarto dos pais, território proibido à menina sem nome, a sua gruta de Ali Babá. O quarto é branco e macio, sem nada de alguém, nem fotos de filhos, livros favoritos, nem mesmo uma estampilha de santa, nada. A cama pequena, robusta, o cheiro do pai, da mãe, nem um cabelo. Sobre a cama o crucifixo. Porcelana antiga, da sua madrinha, o Cristo e ela, os dois, ali, argamassas de imortalidade. Ela ali. No quarto proibido, ela e o cheiro do pai. Os gritos dos irmãos que corriam, soltavam nomes, insultos, regras e excepções para a sua salvação, e ela, e o branco do quarto, e o cheiro do pai, e o corpo de cerâmica do Cristo. E a tarde que subia pelas pedras, escavava animais que não estavam, entrava pelo vidro sujo, numa neblina de proibido, e o branco, e o corpo detalhado e o cheiro do pai. E os irmãos correndo, e as escadas estalando nomes, e o branco, e o cheiro do pai, e ela olhando o Cristo e ninguém se lembrava dela. E tudo aquilo lhe pareceu sublime. Tão sublime que era preciso ser sublime também. E naquele quarto, sem cor e sem nome, ela despiu-se, dobrou a ponta do lençol e tapou-se inteira. E a luz que entrava pelo vidro sujo refletia nas coxas fortes de nosso senhor, e entrava pelo linho e ela via-se toda coberta, toda escondida, toda branca. E o cheiro do pai. E o corpo inteiro branco, limpo, seu.

Diz? Quê? Diz! Não, nada, estava a pensar. Ah.

A luta contra a fita continua. As unhas grossas e indelicadas. Ele lutara contra fitas muitas. À rádio chegavam notícias para serem ditas e a serem caladas. O gravador das entrevistas no mínimo e a voz dos companheiros amarelecendo as folhas de jornal. Tempos de luta. Escolher mal a companhia, a hora ou o volume podia ser letal. Não levara ele próprio uma fita, bom, um papel, mas em fita como o do Kerouac, mas escrito à mão, mas pela sua, sua própria mão, mais valioso até que o do

Kerouac, assinado por toda a intelectualidade viva do país. Uma lista de todas as violações dos direitos humanos. A viagem com aquilo no bolso. O medo pousou anos depois, esse oponente digno do desafio. Lutas, tantas. E a destes judeus que vieram pôr o Brasil a funcionar, a nata da intelectualidade europeia, os mestres da astronomia. Se a casa fosse de outra maneira, podia colocar o livro ao lado do telescópio, tinha idade ainda para aprender, e bom, pensando bem, tinha a sua percentagem judaica. Que afinada a sogra. Escolhendo bem o momento e o presente. Uma figura humana mostrava os dentes, a página riscada a lápis por afiar. E ela às voltas com a fita.

Usa a serrilha da tesoura como faca! Diz? A serrilha da tesoura, pode ser uma faca. Como? A tesoura, abre-a, usa-a como faca. Ah, a lâmina! Isso.

A camisola dela era nova, o estilo de sempre, flores pálidas, botões pequenos, tamanhos amplos. Ainda menina e já tão velha. Já tão velha e ainda menina. Afiou-se na fita, a língua de fora. Tão pouco jeito para as manualidades

Suava, de febre e derrota. A gota caía pela orelha, encharcava o cabelo e subia à testa. Podia passar os dias sem usar desodorante, um pouco de talco depois do banho. Todo o suor subira, saíra da camisa, das bordas dos vestidos, pairava toda na frente. E ele sem fazer nada. Mergulhado no livro, ocupando a cama toda, puxando as meias nas dobras do lençol. Sabe que não é para ele. Sabe. Se pensasse que era, já tinha rasgado as folhas, queimado o plástico duro das cintas que o pai dele insistia que fossem resistentes como pedras. Sabe que a prenda é para mim, e nada que lhe possa agradar. E o suor sobe, sobe.

Abres a janela, Silvano? Hã? Se me abres a janela? Ah, não podes ir lá tu? A janela está do teu lado.

O teatro. Estende braços e pernas e a língua de fora, o corpo não rebola pelas extremidades. O suor sobe.

Mas tens calor mesmo? Não, pois não? Tenho Silvano, abre a janela, por favor.

A fita presa na boca, a boca presa no papel, o jornal preso no canino, a notícia caducada no Cristo. O telescópio sonhado. Não queria aborrecê-la agora, ela está tão empenhada em lhe dar a prenda. A cama range, balança, barco magro em lagoas estéreis. Abre uma fresta miúda da janela. Olha para ela.

Que espera? Um agradecimento, uma ovação, um prêmio qualquer? Sabe que a prenda não é para ele, sabe. E a janela assim tímida, o ar preso, o calor de fevereiro que sobe pelas paredes e lá fora as cachorras uivam.

Puseste água, Silvano? Queres água? Se puseste água às cadelas? Ah, não. Está muito calor, Silvano. Sim, amor, vai já. A fita resiste, começa a rasgar o papel devagarinho. Um joelho branco, recortado, um fio de sangue, vermelho.

Alva, quanta água? Enche a taça Silvano, por favor! Alva, e a ração? Silvano, fala baixo, por favor, por favor. Ah, desculpa. E o pé de porcelana, pregado com tétano, raiva e ardor, e o sangue que chora perdão, amor, ternura. Ele volta, dois copos de *whisky*, gelo e medições tendenciosas. A cama range de volta, o náufrago quer subir, não, escorrega, atrapalha-se entre o mar de flanela e o mar de lã. Oferece-lhe o *whisky*.

Agora? Não queres? Não, queria uma tesoura! Ah, é verdade.

Volta ao livro, e o suor sobe.

A camisola dela é nova e parece já gasta, pelas costuras a pele, os mamilos escuros, um suor no peito e o cheiro doce dela. Como ela gosta dele, empenhada em lhe mostrar o telescópio em pedir desculpa por nunca ter ganho tanto como ele, sempre em casa, sempre a mudar de interesses e, por fim, feliz de ter algo para lhe dar.

Alva, não tens calor, com essa camisola?

O pé, de fora, desenrola no lençol a queda de uma meia, de outra meia, o cobertor afastado, um lenço sobre o abajur. O papel nas mãos e a barriga magra, a fome e a dor, e os músculos da fome e da dor, e nela um calor ácido, no pescoço, um cerco como colar e o suor, o suor desce. A janela por abrir, os dentes que sabem as notícias podres.

Silvano, tenho muita comichão.

E ele olha, e põe as lentes, destapa o abajur.

Algum mosquito? Arde, Silvano, arde. Uma alergia? Comichão, Silvano, comichão, tanta. Vou-te buscar um cubinho de gelo. A cama range, balança, barco magro em lagoas estéreis. Alva rasga as mortalhas, precisa de o ver inteiro, o corpo que sangra, que sufoca, que chora. E o suor que sobe. E os braços brancos derretem mágoas, imploram perdões, convidam ao descanso. Arde. O pescoço arde. A cruz aparece por fim. E o ardor desce, desce, suavizando-se.

Coisa de aranha. Trazer coisas assim, mal embrulhadas, telescópio de valor como se fosse um maço de revistas velhas, ah, mas nem se pode dizer nada, melhor não dizer nada, mas o resultado está aí, uma aranha, veio, picou-a e vamos ver se passa com gelo. Se não for com gelo... Melhor ver no Google: *telescópios no Uruguai*. Trinta entradas. Bom, e as aranhas? *Aranhas e ardor*. Quinhentas entradas. *Telescópio moderno, como novo*. Tesouro familiar, dos primeiros a chegarem ao país. *Aranhas venenosas encontradas em território nacional*: *Anelosimus vierae*. Como a investigadora, de que família será ela? Dos Viera de San José?

Alva, Alva, tens lá primos em San José?

O calor bebe o corpo, ardera e agora escava, devagar como uma carícia que escorrega. O Cristo, aquele. Agora seu, agora em casa. O linho branco e o cheiro do pai. Pela janela o calor é o mesmo, fez-se noite. E o cheiro do pai, e o branco e o Cristo. Abraça o crucifixo de porcelana. Ao longe a voz dos irmãos, não chamam por ela, e ela não está mais triste. Na cozinha, alguém mói café. Branco, cheiro, Cristo. Irmãos gritam desculpas, salvou-se um, e o outro e o outro, não chamam o nome dela. E tudo é branco, quente, sublime.
Adormece na porcelana fresca, no cheiro do guardado, na noite quente de Fevereiro.

O ANO DO MACACO

Os acontecimentos do dia 1º de julho têm sido alvo de inúmeras investigações, especulações e poderemos até dizer de algumas tentativas de elevá-lo à categoria de mito-milagre. O ano de 2016 vinha caracterizando-se por ser um ano bipolar. Os chineses reivindicavam-no como seu; o ano do macaco.

Grã-Bretanha num lapso de imprevisibilidade saíra da Comunidade Europeia, Trump num lapso de imprevisibilidade aparecia como presidente provável, a Síria esvaziava-se em mortes mediterrâneas, num lapsos de humanidade. O real subia e descia numa performance folclórica; economistas, políticos, padeiros, esperavam o pior.

Os eventos desse dia, improcedentes, começaram com um professor de condução. Marcelino Maiztegui da Silva, responsável pela conta de *Twitter* @marcelinomaisteguio, tuitou às primeiras horas da manhã, o que alguns tomaram pelo humor brasileiro de sexta-feira: #zebraaprendiz #cartaverdeporriscas #azebraparanafaixa.

Esse tuíte viralizou rapidamente, outros tantos se seguiram, dignos de exemplificar como funciona um campo lexical: #Riscas para Moro, Cunha, Temer, Dilma, Lula.

Às 10h45, a delegacia da rua Estados Unidos, em Cerqueira César, São Paulo, recebe uma chamada invulgar, um tal Carlos Freire, motorista de táxi licenciado, avistara uma zebra ao volante de um Hyundai i30. Do assombro, o indivíduo apenas reteve que a zebra era do tipo comum "Como se vê no zoológico", e que o Hyundai preto teria a placa com o 1 como último número.

Capitão Coelho descartou a investigação; até que às 12h30 um executivo da Uber, cujo nome permaneceu por divulgar, se apresentou numa delegacia em Brasília declarando um erro no sistema. O erro era listrado.

Sem ser por este pequeno detalhe, a vida transcorria na mais aparente normalidade: uma criança subia a rua chupando um pirulito, uma velha procurava os dentes na sacolinha do supermercado, trinta alunos saíam do colégio italiano Dante e aguardavam que o seu vigilante subisse a placa verde, liberando-os finalmente para o primeiro dia de férias.

O jornal *Folha* conseguiria, nesse mesmo dia, uma entrevista com a vizinha de uma das implicadas no acontecimento. Luísa Ivone, mulher de 26 anos, saíra de casa "arrumada e maquiada, como poucas vezes a vi. Levava uma camiseta muito bonita com uns desenhos de andorinhas e um laço preto de lantejoulas" – adiantava a vizinha, Filomena Haddad, que resumia a estupefação geral afirmando: "Parecia um dia, tão, tão como qualquer outro!"

Investigadores mais tarde ligam esta saída de Luísa Ivone a um encontro com um amigo de uma amiga. Um encontro às cegas, ainda que não possamos precisar a veracidade de tais suposições.

O encontro ocorreria no Café Rincón, rua do Espírito Santo, uma travessa pouco conhecida da Av. Paulista. O café azul cueca oferecia um cardápio de inspiração hispana. Teria sido esse o motivo da escolha.

É lá que Luísa Ivone encontra Luciano Anderson, executivo, na ordem dos 32 anos (há quem diga que cumpriria 33 nesse mesmo mês, outros que acabara de apagar as velas pela trigésima segunda vez).

A conversa é descrita como "animada" pela atendente. "Estudei um pouco de linguagem corporal e ali havia química", conta Ana Brites, empregada em *part-time*. Adiantou ainda ter escutado o momento-chave: "Ele fez uma piadinha sobre ter nascido num McDonald's... ela riu e não viu, não reparou que, do nada, estava ali uma taturana-gatinho ou cachorrinho, não sei ver a diferença, bem na fatia do bolo dela!!"

Luísa Ivone teria ingerido a dita lagarta, sendo acometida de imediato de fortes dores no interior da boca e esôfago.

Luciano Anderson chamou o Uber e quem acorreu ao local foi dona Mariúsa Fragola em seu primeiro dia de trabalho. A tal da zebra.

A rota para o Hospital Nove de Julho viu-se complicada por uma manifestação de ciclistas que reivindicavam a primeira orquestra em duas rodas. O desvio fez-se pela alameda Casa Branca, apenas para a encontrar mais congestionada pelo horário de saída do colégio.

Luísa Ivone, segundo Mariúsa, respirava com dificuldade, apoiada no peito "daquele moço, muito mais alto que ela". Ele dizia-lhe palavras tranquilizantes, baixinho e visivelmente preocupado, "algo assim como, meu amor, vai estar tudo bem", conta a condutora.

Luísa Ivone encontrou ainda uns instantes de tranquilidade, em que se recompôs e fez o gesto de quem procura um batom dentro da bolsa, quando foi acometida por um ataque de espirros. Aparentemente era alérgica ao pelo de cavalo, portanto, de zebra.

Mariúsa parou na faixa de pedestres para deixar passar trinta crianças de quatro anos. O menino do pirulito, esculpido como coração, o ofereceu ao moço que amolava as facas. Luciano Anderson fazia promessas a um deus de quem não tinha o telefone. Luísa Ivone sentiu muita necessidade de ar e desceu da viatura ainda sacudida por violentos espirros.

Um dos alunos teria gritado "a senhora está grávida, a senhora está muito grávida, está grávida muito muito rápido!"

A barriga dilatava a olhos vistos. Mariúsa resolveu chamar uma ambulância ao local, seus cascos nervosos, falhavam as teclas.

A ambulância do supracitado hospital chegou em três minutos e encontrou o que foi descrito no relatório como "uma mulher gestante de estimadamente nove meses com vários sinais de congestionamento estomacal".

João Costa Silva, o enfermeiro responsável, disse que não havia tempo a perder, nem para pensar, e diante de um guarda, trinta crianças, um menino com um pirulito em forma de coração, um amolador de facas, uma zebra e um homem muito alto que parecia conhecer bem a vítima: puxou de um bisturi e abriu o abdômen ofegante de Luísa Ivone.

O deslizar produziu um corte, o corte produziu uma fenda, e da fenda jorraram "aproximadamente uma centena de borboletas, de diferentes cores e feitios. Subiram vagarosas como bolas de sabão...", escreveria João no relatório.

Luísa Ivone foi assim diagnosticada como o primeiro caso comprovado de borboletas na barriga. Evento que abalou a medicina tradicional, ofereceu uma merecida vitória à literatura romântica e dispôs o mundo a um otimismo sem precedentes, num ano tão macaco.

O RATO ROEU A ROLHA DO REI DA RÚSSIA

Quando se entendem as histórias é porque foram mal contadas.

Bertolt Brecht

Os cheiros aumentam quando diminuem. Espessam e estilhaçam, chamando. Fez-se noite, é hora. O trigo, no frio, cheira a sol, invade os campos onde crepitam, ainda, rodas de madeira que giram há gerações, quebram e remendam-se em andamento, certas de sua eternidade. No musgo, uma roda mais cheia confessa segredos. A cozinheira afoga enchidos, vísceras, entranhas em erva doce, e bebe, em ensopados, a mesma vodca a que torce o nariz. Parece-me, há mais morte na roda que no porco que acaba de desaguar. Nas pedras lisas, o eco esconde barrigas cheias, grão, trigo, centeio, um pouco de milho, e gatos, cuidado, muitos gatos.

No vento, uma mensagem. Aumenta o nada. Na terra e no ar. Vem aí neve. Começa ligeira, chorinho de chuva no vidro, mas tem raivas moles, borbulha como alfinetes, queima

▷ Página de *As Maravilhas da Criação e as Excentricidades da Existência*, texto conhecido como *A Cosmografia de Qazwini*, de autoria de Zakariya al-Qazwini (1203-1283), juiz, médico, astrônomo, geógrafo e autor de proto-ficção científica persa.

a cauda despida, arrepia as unhas negras, e sufoca os cheiros, fechando o mundo. Preciso avançar rápido, chegar às amoras, a tempo de recebê-las, onde vou só eu. Amoras bravas, pérolas de sangue antes. Subo pela parede, a cal soltando-se como feridas gastas, e o telhado abre-se, cansado. Pelo túnel abandonado, um chiado de vento que grita, o cheiro é ocre, ácido, barrento. Avanço procurando, arranhando o túnel úmido de limo. Ela deixa-as para mim. Todos os dias, três amoras. Hoje cheira a couves, e algo mais. Cera, há cera por perto.

Igual a todas as outras por aqui, imagino, esta casa não passa de uma sala. A madeira, porosa de cinza, nada se fecha, e tudo sussurra a encerro. A parede da cozinha borbotada de cerâmicas, pequenos azulejos desbotados de dias menos escuros e o lume, baço, arde a contragosto. Sem pinça, sem pá, a lenha sempre jogada e retirada com mãos negras, secas, mãos de pedra. O fogo só é aceso para ele, à hora que ele chega. A sopa quente, servida para meio um. A broa na mesa, branca de escassez. Vodca perto do samovar. Na parede a paisagem da aldeia, a mesma vista de cima, suponho, em outro século, ainda mujiques e *verstas*[1], escravos e amos, os mesmos assalariados, os mesmos patrões. Casa sem queijo, dispensa gato, dizia ela, deixo as amoras para o esfomeado, o riso soprando a podridão do peito por entre os dentes que foram. Enegrecida levava as amoras com mãos de pedra, deslizava-as pelo prato com mãos de seda, e as mãos de criança, no joelho, esperavam. Amoras,

---

1   Medida russa em desuso equivalente a cerca de 1 km usada para calcular distâncias.

framboesas, carne estufada no vazio de quatro cenouras.
Todos os dias. Tudo para morrer assim, estendendo o pires
a um buraco vazio na parede, protegendo as amoras do
sangue vertido em gelo, ensopado na lã grossa que esconde
o corpo negro de pancada. O homem, finalmente a seus
pés, rendido. O golpe veio de trás, força germinada de
anos, o pudor gasto, caiu em seco. Não me posso queixar,
eu faria o mesmo, ele esqueceu-se de pensar. A faca caiu
sonora nas lajes atapetadas de terra, assustando-me até a
mim, um rato de pincel, um rato pregado em ferrugem,
um rato desbotado de costas para a janela.

As amoras no sítio de sempre, mas o vulto dela não. Aquieto.
Couves, cera, pele. A pele e a carne fresca, a corte e a frio.
A lenha estala, não foi seca, não o suficiente. Homem ou
mulher, não conheço mas não deixo de reconhecer, é o mesmo
cheiro a centeio moído, a mesma frescura na pele e, mais
intenso, o cheiro a madeira, a raspas, a cortes, a cera, a óleo de
cedro. O mesmo chiado mansinho no peito. Aquieto, é tempo
de voltar para trás, correr rápido até me sentir seguro? O corpo
não responde, fico parado. Há um peso, um peso. Não é de
perigo. Na escuridão percebo um vulto, sentado, perto da porta.
Palavras como veios de raiz, úmidas, entrançadas, resistentes:

Até memorizei, percebes? Querida mamã, assim não podes
continuar, eu posso-te ajudar, a casa é velha, gasta, e a fome já
a tens, o que tens a perder? Deixa que se seque, fica embalsa-
mado e talvez até vire santo…

A voz ecoava, o que a princípio o desconcertou. Pouco a pouco moveu a cauda, guisada de frio, dispôs as patas no chão e relaxou os pelos castanhos para trás. Os ratos não são dados a sentimentalidades, e, ainda assim, este parecia disposto a homenageá-la com a sua presença, o seu silêncio e a sua fome. O homem, hirto e sombrio, sacudiu-se de lágrimas, arranhou as mãos até aos joelhos e olhou-o devagar num movimento de corpo inteiro.

És tu o esfomeado... poucas vezes se vê camundongos por aqui, aqui é para peste, pequeno! Nada de romantismos de campo, isto é para ratos duros de pescar, grandes e magros, escorregadios como água de esgoto. És tu o esfomeado. Ela falou-me de ti, gostas de amoras e vens sozinho, aqui nunca tivemos casa sem queijo, não precisa de gato, era o que a minha mãe dizia, era bem disposta esta minha velha, rija como o teu pelo, trabalhou a terra desde miúda, se queres que te diga, de tanto a remexeu que lá deixou o ouro e os dedos, a fertilidade do útero por um punhado de limões nascidos da terra seca, só teve um, que fui eu, cuidava bem de mim, mantas, beijos de boas noites, laranja às escondidas, canções esquecidas e dedos a desenhar caracóis nos meus cabelos finos. O problema foi sempre ele. Dormia só depois de se exercitar. Segundas, quartas e sextas, ela. Terça e quinta eu. Pancada. Deveríamos ser mais, disse-lhe eu. Deveríamos ser menos dizia ela, e ria-se. Mandou-me aos quinze para o Vladimir, ele. Todos os que chegam estão a cargo do corte: escolher, assinalar, serrar. Tens que escolher bem, filho, escolhe bem, para cortar pouco, disse-me antes de fechar a porta, ressequida, curvada, com as mãos gretadas de pelar laranjas para a minha marmelada. Ficou com os turnos da terça e da quinta, ainda lhe podes ver as nódoas na pele.

O homem que cheira a óleo fala, não parece se incomodar comigo, já deu por mim, não se mexeu, posso avançar com cuidado, até as amoras. Foram lavadas há algum tempo, têm areia pegada no redondo do bago. Suculentas, um pouco amargas, o cheiro sobrepõe-se ao som dos dentes na baga.

Fui abatendo árvores, depois passei a cortá-las em partes, depois a talhá-las e agora desenho as formas e encero. Passo a lixa, devagar, cai aquele polvilho fresco da madeira e penso em como a tirar daqui. Tinha este plano, já te disse, o veneno. Não te assustes, não se mata um camundongo por um punhado de bagas. Pouco a pouco o padre não daria conta, a vizinhança até que saberia, mas não é o que se faz por aqui? Só o veneno teria que ser diferente… Compensa-se a lentidão com a irreversibilidade, por isso pensei nesse, seca o corpo por dentro, fica como uma folha no outono. Tu sabes que ela não queria? Perdeu os dentes enquanto se negava. Mãe, só assim nos podemos livrar dele! Ela ria. Se eu não mato nem um rato. Ela ria. Se eu vinha à casa a coça era maior. Deixei de vir. Só nos víamos ao domingo, na igreja, o veneno mãe, e ela teimosa, o veneno mãe, filho mas se é a sina das mulheres desta terra. Há leis, mãe. Havia, querido, houve. Ela tinha a pele muito branca, sabias? De jovem, e um olho azul límpido. Foi quando perdeu o terceiro bebê que escureceu. Ficou verde de chorar, e arroxeado de tanto apanhar. Mulher de ventre vazio tem demônios dentro, gritava ele e surrava. Tive que acabar com isto, percebes, esfomeado?

Às vezes, quem não tem cão, caça com gato. Chegar e vê-lo socando o rosto tenro, comendo-lhe a comida, torcendo--lhe o ar… Foi quando me viu que foi buscar a faca, queres defendê-la? Eu disse que sim, parvoíces, sabes, do instinto. O presidente diz que eu lhe posso bater, e rasgou-a. Rasgou-a até eu dizer que não. Diante de mim. Ela a olhar-me. Olhar de mãe, não sei explicar, queria me poupar sem se querer poupar. Nem estremecia, o olhar preso em mim, corre, foge, esquece. Perdida ela, que tinha eu a perder? Agarrei a jarra, essa, talhei-a para um natal, era para manter a água fresca.

Calou-se. Olhou a jarra, procurando água, percebeu que ali nunca se jorrara nem uma gota, olhou-a atenta-mente agora. Estava seca, perfeitamente lustrada. Os cantos perfeitamente limpos, mesmo os mais difíceis, o olho da ceifeira, o trigo fino, o cinto e o atacador do homem cur-vado diante do trigo. Lustrada com cuidado, mantinha os veios claros e escuros, escolhidos com atenção. Um homem trabalhando o campo, uma ceifeira olhava o horizonte, numa cesta de vime um bebê dormia. Na sala ecoava o chiado fraco do rato que a recorria. Ela nunca o autori-zara, e agora pressentindo a estranheza, o roedor farejava o lume, o samovar, a vodca, os sapatos enlameados, a madeira envernizada de uma cama velha, e voltava incrédulo a cheirar-lhes o corpo. O corpo de um, o corpo do outro.

As pessoas todas cheiram ao mesmo tempo, há uma doçura ágria e depois sutis notas de variedade, os que comem mais alho, mais cebola, mais especiarias, os que bebem ou não leite, os que se afogam em bebidas mais ou menos caras ao fígado, os que cozinham e os que comem. O cheiro da pessoa tem idade. Os velhos são bafientos e mais doces, os bebês cheiram a amendoeiras em primavera. Alguns quase desaparecem no cheiro da sua atividade, mecânicos, lenhadores, prostitutas, cuidadores de bebês. Aqui estão dois, são da mesma casa, o mesmo cheiro a trigo úmido, a sabão de rosa. Ele cheira a vodca e a milho, ela cheira a canela e a doença, a roupa empapou-se de batata mas há algo mais. Algo a mais.

Lambeu-lhe o dedo rígido, o cheiro da fruta afeiçoara-se à ponta. Parecia perceber, pouco a pouco, que ali já não haveria que comer. A madeira crepitava feroz, assanhada de raivas contidas, crispada de injustiça e destempo. Encontrou por fim a faca que, quente ainda, pingava doce de laranja e crime. Desconfiado parou. Que pouco se tem a perder dentro de uma barriga vazia.

Morango, canela, e morte. Açúcar. A temperatura parece quente, estaria a cozinhar?

A boca do rato aproximou-se da geleia de sangue. O vulto levantou-se, felino de susto.
Não lhe toques, a ela não! Esfomeado! A ela não.

Parei, o homem veio até mim, a voz grave, cheiro a fogo em madeira seca, parou perto, queria fugir mas o corpo não respondia, disse algo mais com menos fúria e voltou a sentar-se. Um cheiro a massa por cozer, milho, centeio, um pouco de trigo, água, açúcar, chegou mais perto. Se ele me queria matar, já desperdiçara oportunidades, aproximei-me devagar, um estrondo metálico e cheiro a lama. Deixou ali a mistura, um convite?

Não te pareces com os ratos de esgoto que vi em Petersburgo. Esses eram fantasmas cuspidos de dentro. Só a Rússia podia parir tais medos, negros de fome, capazes de deglutir pedras inteiras, corpos sem piedade que comem os filhos das suas entranhas, ciosos de seus restos contabilísticos... de seu lixo. Vinham sempre com cheiro a dejeto, o fedor exposto dos segredos entranhados. A cidade, olha, era uma ratoeira. Alguém com certeza já disse isso, ou pensou, com certeza que esta ideia não é alheia ao homem do campo. A mamã não sabia. No campo passamos fome, filho, lá nas cidades há tanto para fazer, é lá que o mundo avança, onde sempre haverá trabalho, vai filho, arranja uma moça bonita, mulher forte, capaz de amar. Esquece-te disto filho, esquece-te disto. E eu só via ratazanas, caudas compridas, agulhas no meu estômago, de as ver, vinha-me logo o vômito. A fome lá, como aqui. Quem as caçava, torrava-as, dizem que, sem pelo, a carne é toda a mesma. Moça não arranjei. Conheci uma ou outra, claro. Agora gostar... olha, esfomeado, nenhuma me era amora.

Enquanto falava, lixava devagar a caixa de fruta, esquecida num canto, talhada a contas e autocolantes, desengonçada em pregos amarelados. Uma lixa fina, indo e vindo, devagar. Desfarelou o papel, a cola, e quando tocou a madeira, homem e lixa sorriram. O rato comia a massa do pão, seguia as palavras do homem como se fossem chouriços, cubos de queijo, adornando a farinha.

Voltei por isso, bom, por isso e por ela. Filho nenhum esquece a mãe, assim de verdade, e a minha sempre foi tão boa. Voltei para o Vladimir, disse-lhe que aprendera coisas novas na cidade e ele acreditou, em parte é verdade. Comecei a desenhar móveis para ele e ele vendia, dizia que o aprendiz tinha feito um curso em Petersburgo, num carpinteiro que fazia os móveis para o presidente, só que o presidente não queria que se soubesse o nome dele, há muita gente que deseja que a Rússia não volte a ser grande, olhe como vieram os ovnis, e agora é os chineses, dizia. E abria muito os olhos, e aquela gentinha toda acreditando. Olha, pegas numa caixa de fruta, se vires bem, as formas são simples, desenho reto, e algum detalhe. Desenhas uma marca, uma mancha, um nome. Pronto, já não é uma caixa de fruta.

A massa prende-se nos dentes, adocicada, fresca, acalma a sede e a fome. Prefiro bagas de fruta, sementes, queijo. Escuto a terra ao longe, voltam os ruídos pouco a pouco, corujas, ramos sacudindo-se, cães uivando, em breve as carroças voltarão a espalhar segredos e os lumes a crepitar mais baixo. A neve descansa. É hora de voltar para casa.

Voltei e foi como te disse, ele não gostou nada. Batia-lhe, toda a gente sabe. O padre que o abençoava sabe, o padre que vem aqui amanhã perdoá-lo de pecados que não confessou, sabe. O polícia que me procurará para me algemar, sabe. E ele, o que faz? A mulher dele perdeu dois na mão dele, ele agora anda a beber, mas os bebês não voltam. Por que raio? Perdida ela, o que estou aqui a fazer?

Despiu a almofada velha da mãe, estendendo a flanela na caixa, uma foto de uma criança sorrindo numa bacia de água, no bolso. Aproximou-se dos dois corpos. A mãe esfaqueada pelo marido, o pai morto num jorro de ódio. Beijou a testa da mãe e caminhou para a porta. Vestiu devagar a pele acinzentada de um sobretudo velho, sacudiu-o de farelo de madeira, olhou-me na parede, letras de vento, dois ratos, ou um rato pela metade? Não sabia. A cabeça pendente, os olhos na extremidade. Terá alguma vez olhado para o escorpião? Voltou para trás, abriu o único livro, rasgando uma folha ao acaso, o gesto rápido, contrariado pela curiosidade.

"Se os cabelos caírem, faça-se uma lixívia de cinzas de excrementos de pomba e lave-se a cabeça. Cozam-se em água folhas de carvalho e a sua casca mediana e lave-se a cabeça. As avelãs moídas com gordura de urso restituem os cabelos...". Riu-se, passando a mão pelos cabelos loiros, finos, poucos.

Tu sabias que ele vendia estas receitas às pessoas? O milagroso de Ostanino!! Ah, talvez pensem que foi obra dos chineses, enciumados com o poder da caca do pombo versus a agulha! Anda esfomeado, aqui não há nada para nós.

O rato terá 0,5 grama de cérebro liso, mas entendeu. Subiu na caixa e aquietou-se num canto de flanela, folha de receita e sementes de maçã. O homem pegou a lenha úmida, ardendo zangada, a vodca barata, a jarra talhada.

Homem e rato deixaram rasto de chamas. Eu fiquei cuidando das labaredas, a promessa da absolvição perdida, cansado de séculos na mesma posição, acompanhado da outra metade de mim, agradecido de esquecer o frio.

SUSANE CHEGA[1]

S usane Wells, 22 anos, Kengsinton Road. Susane Wells, 22 anos, Kengsinton Road. Filha de Paul Wilson Wells e de Margaret Woolf. Irmã de John e Emily. Batizada, crismada, devota. Essa sou eu. Susane Wells, repetia de novo.

Quando alguém me viesse resgatar devia sinalizar com o braço e identificar-me. Uma mulher com nome, pai, mãe e paróquia é uma mulher respeitável, mesmo que perdida numa praia deserta. Susane Wells, 22 anos, Kengsinton Road.

O espartilho afogava-me como nem o mar fizera, e eu era Susana Wells. "Meu Deus, tende misericórdia de nós!" A voz do capitão voltava, tomava tudo, a cada vez que a ouvia estalar-me nos ossos moídos, na pele ardida, nos olhos secos, me parecia mais difícil lembrar-me de mim. Ah capitão, se você soubesse como tudo isto é culpa minha! A ira divina caindo sobre a filha desobediente. Que tolice julgar que as ações de cada um recaem apenas em si mesmo. Uma tolice de menina burra, mimada e burra, eu, Susane Wells. Não era toda a história da humanidade um desastre advindo da desobediência

---

[1] Inspirado em *Foe*, romance de J.M.Coetzee publicado em 1986 e editado no Brasil pela Companhia das Letras.

de dois imberbes? Era. Toda a gente sabia. Talvez nem toda a gente entendesse isso, como eu entendia agora. A voz do capitão ia e vinha. "Meu Deus, tende misericórdia de nós!" Talvez mais alguém tivesse chegado até ali, estava a perder tempo.

Foi sem graça que me consegui pôr de pé, a minha mãe morreria de vergonha de assistir, girando na areia, defendendo braços do espartilho, abrindo as pernas de par em par, arranhando o chão e deixando escapar uma flatulência. Ah dane-se. Tem mais vergonhas a minha mãe, mais vergonhas com que se preocupar, e todas por culpa minha, temo. Susane Wells, 22 anos, Kengsinton Road. Susane Wells, 22 anos, Kengsinton Road. Filha de Paul Wilson Wells e de Margaret Woolf. Irmã de John e Emily. Batizada, crismada, devota, gritei. E o espartilho quebrado rasgava-me a pele, e o suor metia-se fininho para me queimar o sangue. Ao meu lado os sapatos que tentara salvar. Sabe-se lá por quê. Uma caixa de charutos ensopada, uma colher de prata, e um chapéu negro, de feltro. O chapéu serviria, mesmo negro, algo poderia contra o sol.

Gritei de novo, nome, proveniência e fé. Se soubesse que estava sozinha tirava o vestido. Mas se estivesse, se estivesse ali sozinha, como ia tirar o vestido? Estiquei os braços, por cima por baixo. Não conseguia mais que tatear a pele coberta de areia. Excelente, estava pronta para ser uma bola de berlim[2]. Enchi o peito de ar, mulher balão rompe botões, imaginei os títulos. Nem um botão. Oh Deus, era preciso tudo isto?! Pelos vistos era, e tudo porque não queria um marido velho, chato e com mau hálito. Continuei a gritar: Sou a Susane..., olhava o branco da

---

2 O mesmo doce conhecido no Brasil como "sonho".

praia, talvez algum objeto cortante… foi aí que vi. Ossos e ossos e algo que parecia um volante, e era de ossos, e era uma bacia, oh meu Deus, era uma bacia! De alguém, um homem, com nome, e morada, e pais, e paróquia e talvez desobediências tantas.

Não sei quanto tempo permaneci assim. Um tempo suficiente para perceber que tudo como era antes já não seria mais. Eu já não seria mais. Incendiei-me inteira e comecei a rasgar o que encontrava, saia, saiote, decote, folho e renda. E mais ardia de não conseguir rasgar tanto quanto queria. E ardiam as mãos e os lábios e os dentes, e mais ardiam de não conseguirem rasgar tudo.

E foi aí que vi. Dois pares de olhos. E eu, Susane Wells, desgrenhada, vermelha e semi-nua. Tapei-me com o chapéu.

Quero a minha mãe! Gritei. Quero a minha mãe!

Nada de ser a Susane e tudo isso, nada de acenar e dizer algo coerente. Ficou tudo turvo e eles desapareceram por momentos. Fui recuperando o ar, esquecendo a dor do espartilho e secando os olhos na seda molhada. Os dois quietos, esperando. Um dos homens resistira bastante ao sol, tinha o cabelo liso, penteado e vestia apenas umas calças bem acima do seu número. O outro tinha a pele vermelha, como a que lera nos livros que tinham os índios e os canibais e os violadores de damas inocentes. Mas tinha também olhos azuis, com essa sobriedade inglesa e por momentos imaginei que pudesse fazer-me um chá, e senti sede, uma sede que era só sede da língua toda mergulhar no amargo de um aroma.

O meu nome é Robinson Crusoe e este é o Sexta-feira.

Estendeu-me a mão, vermelha, dedos grossos, rugosos.

É temente a Deus?

Só quando troveja!

Deus não me havia abandonado totalmente, o homem era inglês! Inglês de língua e de humor, e ainda que não parecesse nada, coberto de pêlos e cheio de marcas na pele. Estranhas marcas, como unhadas de gato, caminhos escavados e perfeitamente secos, a pele aí, ligeiramente mais claras. Uma escrita estranha, numa língua antiga, um aviso ou um convite, não saberia dizer. Algo me tinha sido dito acerca disso. Cicatrizes? O homem inglês estava coberto de cicatrizes. A palavra soube-me a chá.

Homem não come homem! Deus não gosta!

O tal do Sexta-feira falava. Não seria petisco. Procurei semelhantes marcas no corpo do homem azeitona. Não tinha.

Onde estão os outros?

Que outros?

Do meu barco?

Só a encontramos a si, menina.

Era verdade então. "Meu Deus, tende misericórdia de nós!" A voz do capitão tomou todo o espaço dentro do espartilho. "Meu Deus, tende misericórdia de nós!"

E como se saí daqui?

Não sabemos menina...

O homem inglês colocou-me o chapéu na cabeça e ajudou-me a entrar no que parecia um jardim denso. O homem que era um dia de semana, agarrara os meus sapatos e observava-os enquanto caminhava.

Já dormia na cabana fresca quando me lembrei que nem lhes dissera, que era, Susane Wells, de Kensington Road.

AS FLORES

Dois andares, pátio interior de quatro por quatro, janelas estreitas que pareciam desrespeitar o mandato luminoso das grandes cidades. À entrada, um lance de escadas que subia. Como num jogo. Cozinha? Dois degraus para cima. Sala? Desce três. Quarto? Sobe cinco. O pesadelo de um idoso ou de um bêbado.

Fora mais cara, mas amava-as. Precisava delas, de as cuidar, de as cheirar, de lhes dizer seu nome. Agora a sua casa era na rua das Flores. Um lugar arejado e espaçoso, ia começar uma editora. Mudou-se no início de março, a tempo de esperar as quarenta primaveras.

Pintou tudo sozinha, inspirando com alegria o cheiro a tinta, a verniz, a azulejo novo. No pátio interior plantou um limoeiro, uma laranjeira e uma romãzeira. Era uma romântica. Era uma romântica gordinha.

Nas varandas as plantas de menor tamanho, organizadas por necessidades: no quarto onde batia o sol quase todo o dia plantou Agave Vitória Régia, Euphorbia obesa, Echeveria, Sempervivum arachnoideum, Senecio mandrasliscae e, perto do vidro, margaridas. Na sala, mais sombria, Sedum morganianum vigiavam as orquídeas rosadas; na cozinha, ervas de cheiro, salsa, coentro, orégano e manjericão. Na segunda sala, quente e sem sol direto, alfazemas. O escritório era das rosas, vermelhas, amarelas, brancas.

À entrada, rosas de alba, brancas, como ela.

Ela era Rosa Luarento, moradora da rua das Flores, 40, editora da Rosácea.

Era um bom nome para uma editora, Rosa-dos-Ventos para os clássicos; Rosemary para os autores estrangeiros, Rosinha para os mais pequenos, Rosa-de-Alba para a poesia, Rosa de Santa Teresa para os autores nacionais, e Rosa-vermelha para os eróticos, que não passaram de três títulos porque havia poucos talentos.

O escritório, sede da editora, ficava num dos lados da casa. Um anexo, em parte dentro, em parte fora. Entre a casa e o jardim, muito vidro, janelas e janelinhas e beirais. Se alguém olhasse a casa desde cima, pensaria naquela sala como uma asa de pássaro que se decide a voar.

As paredes forradas a livros, no centro uma secretária enorme, de madeira escura. Dois sofás pequenos, um tapete com desenhos murchos de camélias. Achando-se instalada, Rosa embrenhou-se nos seus projectos. O escritório não ficava a dever nada à azáfama de *wall-street*. O dia era café-*e-mail*; *e-mail*-café com intervalos de lápis roídos. A voz rouca nunca se elevava, nem mesmo para discutir preços com as tipografias. Cada tanto vinha um autor assinar, conversar. Um ilustrador com o braço pesado de desenhos. O resto era ela.

Para a casa contratou dona Cristina de Féliz e Lopes, cozinheira com boa mão e higienista exemplar, a quem proibiu de entrar nos jardins e no escritório. Cristina seguia as ordens:

limpava com paninhos laranjas de microfibra, varria para que não houvesse ruído de aspirador, espremia a esfregona até quase estar seca e passava-a em círculos sobre os tacos de madeira. Teimara nos vidros, não entendia por que comprar limpa-vidros quando a menina Rosa lia tantos jornais! Amassava as notícias com a praticidade e a força que os seus protagonistas não tinham e depois embebedava-os em álcool desnaturado. Rosa teve que comprar autocolantes de pássaros para avisar rouxinóis e andorinhas que aquele jardim estava fechado. Com as comidas enervava-se. Tudo era beringela, cenoura, brócolos e umas coisas brancas, mal amassadas, regadas a pozinhos laranja. Carne, nada. Peixe, só de vez em quando.

Cristina passou a trazer um sanduíche de presunto, que mordia com desespero assim que deixava a casa de Rosa.

Os vizinhos começaram a incomodar-se com a ausência de ruído. Nunca uma música, nunca uma festa, nunca um jantar, um enfado, uma risada. Rosa aparecia nas varandas como uma flor de leão. Tão discreta e sossegada que, quando os olhos a encontravam, despertavam rápidas batidas no coração, como os sustos, em geral, fazem.

Ao lado, rua das Flores 42, era o contraponto, um edifício alto, espelhado. Todo o dia, toda a noite com burburinho de *faxes*, celulares e máquinas de café conversando com as gravatas. Poucos meses depois da chegada de Rosa, a cadelinha de dona Leopoldina do quarto andar teve cinco cachorrinhos. Ofereceu a ninhada aos colegas, conseguindo morada para quatro num só dia. Ficou apenas um; um *collie* com uma hérnia no umbigo. Talvez lá na editora gostassem de um pouco de vida, alguém disse. Tocou a campainha. Rosa ofereceu-lhe um chá no pátio de laranja, limão e romã. O chá, esse, era de baunilha da Nova Zelândia, servida em copos de bambu.

Mas o cão não, obrigada.

O número 38 era território de quatro selvagens com cabeças de fogo. Cuidavam de pardais, caçavam lagartixas, tinham binóculos de visão noturna, cordas com nós de *pedigree* e bolachinhas de gengibre dos escoteiros, muitas. Foram recebidos no número quarenta. Chá de jasmim e gressinis de alecrim.

Mas bolachas não, obrigada.

A pizzaria do 41 soube dos gressinis, tocou à porta, pizza, lasagna, para congelar e come hoje à noite, aquece um bocadinho no forno, tiramisu e *flyers*. Recebidos com limonada com gengibre de canela.

Mas encomendas não, obrigada.

Rosa era uma figura campestre no meio da rua, impossível não reparar nela, impossível ser parte dela. Um dia, esquecida.

Um verão muito quente, um inverno muito seco. Não havia água. Rosa duplicou os cactos, poupou as flores ao sol excessivo. A sua figura pálida era pouco vista à janela.

A editora semeava e colhia, tinha já os seus escritores consagrados, os seus ilustradores domesticados. Terceirizava os lançamentos a empresas de eventos. A cidade impunha ritmo a todos e as entrevistas, as conversas, as discussões chegavam por *e-mail*, saíam por Skype, naufragavam por carta. Sem varanda, sem chuva, sem entrar e sair, Rosa murchava sem saber.

Mantinha apenas um prazer, ritual de menina. Todas as sextas-feiras, mão no peito e dor na consciência, enchia a banheira de água quente. Tão quente que o pé doía ao espreitar. Gotas de alfazema, laranja, espuma alta. A casa de banho às escuras, aqui e ali um azulejo tremia em tons de azul, um espelho turvava ou chorava, uma toalha caía. Aquele silêncio. Talvez o amasse mais que tudo. Fechava os olhos e estava dentro dela mesma, habitava todos os quartos de si.

As flores crepitavam debilidades, inclinavam-se cansadas, procurando parede, chuva e sombra. Pela janela do escritório entravam conversas soltas: seca, calor, falta. Pelo *e-mail*, traços de desespero: aviso, pedido, atenção, conter, gasto, repense.

Precisava sossegar a consciência. Banho tomado, vestido pijama de algodão, meias quentes e cara besuntada de aloe vera, Rosa descia. Na cozinha enchia um regador com água da torneira, pacientemente despejava-o sobre as rosas, delicadas, para elas a seca era só um pouco de calor. Depois os manjericões, oréganos e malaguetas que bebiam dessa água fresca, e eram verdes e cheirosos e, para eles, a seca era um pouco menos de água.

Arrefecida a água do banho, Rosa enchia dois baldes. Regava o limoeiro, a laranjeira e a romãzeira. Para eles a seca era chuva estranha, com cheiros fortes, adubos diferentes, com a vantagem de que o sabão não era amigo de besouros, larvas e pulgões. Subia de novo, afogava e resgatava as orquídeas, batizando-as, depois as alfazemas, que agradeciam o cheiro intenso a elas mesmas, e um adubo novo, muito rico.

Na varanda do quarto regava as margaridas, que eram brancas e amarelas e não se preocupavam com nada, para elas a seca era uma nuvem rápida na sua ensolarada vida.

O fundo da banheira ia para os cactos, que recebiam água com a mesma alegria com que recebiam o sol e o calor e, para eles, a seca era apenas tudo o que conheciam.

O verão foi quente. Muito quente. Todas as suas plantas sobreviveram. O costume enraizou. O inverno veio enxuto e frio. Enxuto e ensolarado. A água do banho alimentava orquídeas, alfazemas, limoeiro, romãzeira, laranjeira, margaridas e cactos. Rosa estranhou o sabor da laranja, cada vez mais ácidas, a sua casca mais amarela. O sumo sangrava numa polpa espessa. Pesada. Cada dia mais pesada.

Ficou feliz com o limoeiro, de casca escura, amarelo torrado sem sombra de verde, e por dentro a polpa generosa, perfumada, demorava-se na língua, luzia-se nos pratos, abraçava os coentros.

Ao inverno seco seguia-se a primavera de pó. Encontrava as alfazemas prontas a rechearem saquinhos de linho. Embrulhava espigas nos livros e em outras delicadezas miúdas que tinha ainda com aqueles de quem gostava: uma irmã, cheia de filhos e de gatos, no Canadá; um tio alcoólatra, que vivia na Rússia; a madrasta, que definhava no Douro, apurando-se de mimos e saudades.

As rosas, essas, eram de prêmio: vibrantes, de pétalas rijas. Iluminavam a rua. Os adolescentes ruivos combinavam ali tudo, os encontros, os namoros, as trocas de cadernos. O prédio do 42, espelhado inteiro, desabava ali, para fumar, para respirar fundo, para segredar. A pizzaria estendeu cadeiras e mesinhas que ofereciam vista para o rosal.

E ela trabalhava, trabalhava. Sexta-feira tomava o seu banho. Ficava no calor, aconchegada na espuma, adormecida no gotejar da torneira quebrada.

Na espuma ficava a pele descamada, as crostas de ferida, a unha que, amolecida, se soltava, o cabelo que perdia a cor, o peito que pingava seco, o útero que se esvaziava, inútil. As gotas de baunilha cada vez mais fortes, a alfazema cada vez mais seca.

E a rega, de água, de cheiro, de tempo. Cheia dela.

Os cactos gordos, sumarentos, ganharam espaço com a seca. Onde havia uma fresta de luz, ali estava um. As laranjas de casca amarela, cada dia mais cheias, sangrando gotas amargas, os limões de canela e gengibre, as alfazemas desfeitas de um sopro, as margaridas depenadas pelo vento, o alecrim sem aroma, a romã só semente.

Sexta-feira. Chegou ao fim da distribuição da água do banho. Só faltavam os cactos da varanda do quarto. O robe soltou o cinto enquanto saltava sobre as margaridas, esticou-se para chegar ao último cacto, entre o ferro forjado e o ar, quando um cacto longo se abriu inteiro para a sua vulva, prendeu-se como ventosa, já outro sugava o seu seio. O ventre redondo tombado em seco sobre os espinhos, chupado pelas flores, fugiu como pode, apenas para ser bebido pelos ramos, aberto pelas laranjas. A romãzeira quebrou o vidro, mordeu um pé, bebeu saliva, lágrima e sangue. O limoeiro ácido estendeu-se inteiro e fazia sombra e segredo aos que, sedentos, a mordiam e chupavam e torciam e espremiam e não a largaram até ela ser uma fina casca de canela sobre um azulejo partido.

GAIVOTAS

Filho. Pai. A tua mãe precisa de ti, vem a Lagoa. Pai, estou a trabalhar. Filho, a mãe precisa de ti, a tia Lúcia... Está doente, pai? Morreu, filho.

(O homem, de pé, desligou o telefone, ficou quieto. As costas nuas, arrepiadas sem frio, o joelho direito tremia, e as mãos, precisas, procuraram a lente. Pela janela a cidade cinzenta. O homem recolocou a lente e disparou contra o céu. Caçara um corvo, preto, azul, branco.)

Berlim, filho? A voz límpida da tia Lu quando recebeu a notícia. E lá há gaivotas? Não, tia, há corvos do tamanho de águias. Ai, filho... a frase terminou-a ele, girando os olhos: não vivas numa cidade onde não possas ser gaivota!

A tia Lu nascera ali mesmo, no centro de Lagoa. A minha avó, mãe da tia Lu e da minha mãe, não gostava de incomodar, sem etiqueta seríamos pouco menos que animais, quando começaram as dores lavou-se, penteou-se, rezou a santa Rita e saiu descalça, já nada lhe entrava nos pés, filho!, para a casa da parteira: Se me der licença, parece que estou de parto... A tia

Lu nascera ali mesmo, Teófilo Braga, casa da parteira. Quem a ouvisse contar as suas histórias rápidas e alegres como voos de andorinha acreditaria que sim, que ela nascera na praia, em pleno Carvoeiro, no fim de tarde desse setembro sem ano: A minha mãe gostava era de estar na água, é na água fria da gente que recuperamos a vida!, e o interlocutor engolia o sal espesso, deixava-se ir nas ondas mansas em que a grávida se embalara. Já o areal era das gaivotas quando minha mãe sentiu as primeiras dores, continuava contando, ela viera logo, sempre fui despachada, entre uma onda e outra, a maré inteira a empurrava para fora do útero. As gaivotas eram por isso parte da sua família, a voz em que Lagoa a recebera e por isso repetia, repetia, repetia: há que se viver, sempre, onde se pode ser gaivota.

(Berlim-Lisboa, essa mesma tarde. Telefonou para a agência, intuindo sensibilidades retas, alegou doença da mãe, o que não chegava a ser mentira. Hesitou ao girar a chave pela última vez, deveria deixar um bilhete a Carolina? Abotoou cinto, desabotoou cinto, memorizou onde estavam as saídas de emergência, reviu mentalmente a mala; cuecas, gotas para as lentes, carregador para a máquina, para o telemóvel, para o computador, chaves, cadernos. Não guardara o calção de banho. Roma e Pavia... repetiu para si mesmo, distraído, em voz alta. Uns bigodes brancos em bochechas de rosácea investigaram-lhe o rosto, *Was?* e ele nada disse.)

Gonçalo, filho, fazes tudo às pressas, Roma e Pavia não se fizeram num dia. Alguns anos atrás obriguei-a a subir ao carro e ir, senão a Roma, pelo menos a Pavia. Ela tinha as suas desconfianças, que cultivava como limoeiros, nunca confies em magrezas, nem das mulheres, nem dos carros, os olhos brilhavam de dúvida e era impossível dizer-lhe o que quer que fosse. Voava entre a madurez e a infância, dissolviam-se uma na outra, como o sal na água, e não havia quem a convencesse, por exemplo, que as salinas à entrada da cidade não equivaliam a um crime, idêntico aos de ladrões que o padre enunciava, crucificados nas portas de cidades. Repetia, de calcanhar assente, o que vem junto, não se separa! Pavia, terminara por dizer, não era tão diferente assim de Lagoa, só que não se pode ser gaivota, filho! Percorremos as ruas seguindo a sombra magra e a tia pedia-me que fotografasse os azulejos, todos, dos mais simples aos mais complexos, velhos ou novos. Era uma das suas paixões, não há azulejos como os da nossa igreja matriz, Gonçalo! Não há, não há! Os dedos lambiam o fresco do branco, do azul, traçavam linhas retas com uma sensualidade que eu lhe desconhecia, os olhos azuis vidrados, a pálpebra parecia espreguiçar-se inteira, e o corpo inclinava-se cuidadoso, envolvente, esfomeado. Diante de um novo azulejo os lábios mexiam-se em surdina, como quando temos medo e recitamos canções da infância.

Por quantos dias precisa do carro? Ainda não sei, vou ao funeral da minha tia. Iria a tempo do funeral? Ah, lamento muito... anoto três dias, se vir que são mais, por favor ligue-me. Ana Costa, *rent a car*, Lisboa; bom aeroporto, este, de Lisboa. Ana Costa é morena, morena, olhos negros e farfalhudos, ossuda de cara e redonda no corpo, a mão inteira pousou na sua mão. Como seria, nua, em contra luz, no branco do meu estúdio em Berlim? Imaginei o foco, a textura da pele respondendo ao frio que teimava em entrar pela fechadura da janela, ficaria bem um veludo verde de fundo, cortina, ou sofá, os cabelos crespos soltos, o fim das costas marcado por essas covinhas de menina. Obrigado, Ana. Disponha.

Piadinha do destino, o carro era largo, pesado, quase fúnebre. Um Chevrolet, novinho. Ana Costa quisera agradar. Ana Costa não sabia como são os caminhos do sul, como o corpo os estuda desde pequenos, como nos fazemos ágeis a esses afunilamentos, nos habituamos à estreiteza das sombras, à rapidez dos motores que contrariam o calor que sobe, pesado, pelas ruas brancas.

Arranquei sem reparar, os braços giraram autônomos, e as mãos automáticas reconheciam cortes, temperaturas, estações de rádio. Os olhos piscaram nervosos quando cruzei o brilho do rio, pesaram rebeldes quando cruzei a secura da estepe. A pele dela nunca desidratava, os sinais seguia-os no médico, não fora isso, não fora o sol, não fora toda aquela luz. A dor de cabeça que a nublou por uma semana? O coração bondoso que a brindara com uma morte de passarinho? A cabeça ardendo de perguntas, que moíam baixinho, já não importava o que fora, sabia que já não importava, ainda que as perguntas roessem o estômago, como se as explicações acalmassem a morte.

ALGARVE, umas letras grafitadas na saída da autoestrada, numa rampinha-resto de jardim. Ai, Algarve, quando deixarás de ser esta Eurodisney de lugares comuns? Que haveria de algarvio na tentativa fraca de ser Hollywood? O grafite! Essa rebeldia do humor, o olhar rápido sobre o ridículo, o sotaque que voa alto na ironia algarvia. Isso não aparece nos cartões postais. Ela já não era jovem, tinha dois mais que a mãe, era isso? Andaria pelos sessenta, não, pelos setenta. Não, ainda não, teria havido festa, a tia teria programado algo, um passeio no Caracoleta-de-areia, eu teria sugerido alugar um veleiro, teríamos terminado em casa de Elvira, sua melhor amiga e mulher do capitão Caracol. Sessenta e algo, teria sessenta e muitos, punhados, Gonçalo, sessenta e punhados.

(O homem olhava um ponto fixo, as perguntas acumulavam-se-lhe nos ombros, crispavam-lhe as mãos. À medida que bebia alcatrão, os olhos secavam-se de lentes. Esquecera os óculos, esquecera o calor de junho. O céu escurecia, cinquenta tons de azul escuro, brincou em voz alta, não riu. O céu estremecia de calor, defendia-se em riscos disformes de luz, silenciosos ainda. O homem não via o tempo passar.)

O melhor lugar para estar durante uma tempestade elétrica é dentro do carro, mesmo em movimento, disse-me um dia o meu pai. Esse mesmo dia fiquei a dormir na casa dela, Tia, o melhor sítio para estar durante uma tempestade... Ela repetia as minhas palavras, abria e fechava a boca, embalada no que eu dizia, a minha boca era dela, a dela, minha. Segurava-me as mãos. Como eu gostava de ter um filho como tu, Gonçalo. Tens-me a mim, Lúcia. Tenho-te a ti, Gonçalo. As mãos-xale embrulhando as minhas até que as pernas, nervosas de crescer, a sacudissem para fora da cama. Parece que vais levantar voo, filho! Parece que vais levantar voo!

Tia Lúcia nunca casara. A minha mãe dizia que fora um caso de amor louco, dera que falar até a Vila. Até hoje ele anda por aí, vende livros usados e toca acordeão na praça. Lúcia só comprava livros novos, escrevia o seu nome na capa de rosto, e depois o meu, serão todos para ti, quando eu já não estiver. Além disso ela preferia a guitarra espanhola, único instrumento que considerava digno... de ser gaivota. O porquê de tal ruptura nunca ninguém soube, nem mesmo a minha mãe, nem mesmo Elvira. Nunca mais te apaixonaste por ninguém?, perguntei-lhe um dia, acabava de descobrir, eu mesmo, o que significava o outono. A minha mãe consolava-me a pipocas e frases gastas, são os amores de verão, há mais marés que marinheiros, oh, filho, deixa lá isso... A tia Lu, não. Entendia o que era o outono, esse outono, esse outono de regresso às aulas e a tudo o que perde o brilho. Filho, às vezes o amor fica conosco, outras não... há amores que duram a vida toda, mesmo que a pessoa não fique ao nosso lado, há amores que se deixam de querer, mas ninguém morre por isso, Gonçalo. A conversa ficara por ali, não me atrevera a dizer mais nada, bebi o Ucal, o achocolatado que ela me estendia, e pensei que isso, aparentemente, nada tinha a ver com gaivotas.

(Batatas fritas num cartaz lembram-no que não comia desde cedo, pensou em desviar-se, ir até Portimão, acabou por achar que os palitinhos de colesterol não valiam a pena. Seguiu a trovoada até Lagoa, não porque ela ali terminasse, mas porque ali se esqueceu dela. Entrou nervoso no caminho vermelho, partilha de pés e rodas. Azulejos contavam histórias da vila sacra, outros resistiam à vida moderna escudando-se na parede lateral de um prédio. Não sabia onde estavam os pais, o que lhe dava algum tempo, estacionou perto da praça.

O coreto dizia que Lagoa era a capital da rota dos vinhos, uma árvore propunha o festival de jazz essa noite e a que seguia. Procurou uma mesa.)

O cinzeiro fez-me perceber onde estava: o único lugar do mundo onde o cinzeiro já está sobre a mesa, ainda é cor de telha, os veios desenhados para conter a forma do cigarro, e nada que diga: roubado no Peter's, pertenço ao Martin`s. Em Lagoa ainda se fuma, ainda ninguém rouba cinzeiros fetiche. O café veio frio, já estamos no verão. Redonda, uma casinha branca e amarela deixava espreitar a venda de livros usados, ele andava para frente e para trás, como se arrumasse algo que não estava, nem fazia falta estar. Sentou-se por fim numa das cadeiras metálicas do café, totalmente pegada à parede. Doía-se. Doía-se inteiro, curvava-se de infortúnio e abraçava as teclas como quem chora mansinho no peito da mãe. O homem que partira o coração da minha tia, o homem que me assustara tanto quando era criança. Se o quisesse descrever, não seria capaz. Como era ele, perguntaria Carolina quando lhe contasse, que dizer? Fotografei-o. Depois o coreto, a calçada portuguesa, a borra do café, e ele, de novo, encenando uma falsa casualidade. Saberia que ela partira? Doía-se dela?

Na mesa ao lado, fumavam: pai, mãe e filho. A tez morena, os olhos claros, turvos de fumo. Pedi-lhes um cigarro e estenderam-me cada um, seu maço. Está de visita? Sim, sim. Bela máquina fotográfica! Ah, obrigado! Trabalha disso? Como? Trabalha com a máquina? Sim, sou fotógrafo, sim. Pois vi logo. Despedi-me com o olhar, escrevi ao meu pai: Cheguei, para onde vou? Casa da tia. O fumo que engolia picou-me os pulmões, o fumo ou a casa da tia. Observei o homem do acordeão, imaginei que tivesse enlouquecido, que perdera a família num naufrágio, que fora sonhador, que fora, talvez dele, a ideia do refúgio do poeta, que perdera a razão de tanta paixão que tivera pela menina-mulher. Casa da tia. Precisava ir. Já estava ali, vim o mais rápido que pude, telefonei. Só me restava encontrar. Lúcia ou o que restasse dela. Uma dor fina pregou-me ao chão, um arrepio inteiro e a vontade de chorar, chorar sem tempo, abraçado a ela, aninhado na sua pele de sabão, no hálito de laranja, nos rolos macios de ondas abertas. A casa da minha tia, sem a minha tia. Pela primeira vez. Para sempre.

Quer outro cigarrinho?, aceitei. Bem-vindo à Lagoa. A estranha família foi-se embora, sobre a mesa dois cigarros. Tinham percebido, fumador não habitual, tempestade no mar. A voz da minha tia voltou, mais forte, mais límpida agora que estava perto de casa. Gonçalinho, queres um Ucal, fresqui- nho? O lanche na casa dela, o fresco dos azulejos da cozinha, fotografara-os em fios de luz, apagados ou acesos, de frente, de lado, cada um deles uma história: este é Viúva de Lamego, este é da Gracinda, uma artista de Sagres, a gente nem sabe as coisas boas que por aqui tem! Este é de Coimbra, este de Évora; guiava-me sem se preocupar de ser escutada. Pedi um Ucal fresco, desejando que viesse num copo alto, de galão, assim cabe mais, filho!

O homem ainda não começara a tocar, franzia-se, franzia- -se… Fazia tempo que ela não me perguntava pelo livro dela. Começara há alguns anos a pedir-me que fotografasse azulejos, onde fosse, que fotografasse. Depois ela procurava a história, o autor, escreveria um texto, a impressão que nos toma é de calor, uma floresta perdida, um caminho de migalhas, este azulejo alemão do século XIX... E ela ia, pesquisava a porcelana, relacionava até com os Grimm, quem lesse, pensaria que fora ela a encontrar, por acaso, uma representação pictórica para a floresta do lobo mau alemão.

Subi a rua das pombas, homenagens de liberdade vestem as caixas de eletricidade. À direita, a casa do fado. Fechada. Espreito e ali está a praticidade da toalha de plástico, a paixão nas cadeiras cobertas a cetim. Continuo o caminho, que desejo que seja rápido e, ao mesmo tempo, que não termine. A liberdade deságua no mercado, que está fechado. Rio, só posso rir, um mercado, uma casa de pasto e três funerárias. A simplicidade descarnada da vida. Boca de incêndio com letras ao contrário, oxidada, porta de madeira com transparência, uma osga gorda mostrando a barriga branca, próxima do número 15. O avesso da vida.

Era ali. Porta número quinze. A casa branca, as molduras azuis, a porta gasta, a ranhura para as cartas. Por ali chamava-a, sempre, Tiaaaa, estás? Tens a chave, Gonçalinho? E que importava ter a chave? Sempre gostei do ranger da madeira, os passos leves dela, o tatear à procura do interruptor que não se movera nos últimos quarenta anos. Abria a porta, e pelo corredor agitavam-se as gaivotas. Foste tu que me deste Gonçalo, lembraste? Foste tu que fizeste, as asinhas do tamanho do teu polegar, sempre foste tão generoso! O cheiro da casa chega até mim. Madeira, verniz, lixívia[1], o frescor de cozinha, como

---

1   O mesmo que água sanitária.

todas aqui, e o cheiro a laranjas que é só dela. Laranjas, vinho e gaivotas, o resumo do patrimônio nacional... E azulejos, Gonçalo, os azulejos.

(A mãe abre a porta, encarquilhada, os olhos negros, inchados. Ai, Gonçalo! Abraçou-o. Agora, filho, já não há mais gaivotas! Ele entrou devagar na casa que era sua, que sabia ser sua desde sempre, e que dali a pouco lhe seria atribuída por uma carta-testamento. Afundou-se no verniz, na limpeza e antes que a porta se fechasse ainda o ouvi dizer: Haverá sempre gaivotas, mãe, gaivotas e amores para toda a vida.)

CHUCHU

Desinfetante e álcool em gel, batas brancas correndo de cá para lá nos estreitos corredores. As luzes, esquecidas, brilhando como alarmes.
Chuchu, dá-me as coisas, eu trato disto.
Soltou a bolsa castanha e olhou a sala. Paulo escrevinhava na folha, a mulher de azul sorria forçada, tinha chocolate nos dentes. Clara percebera o ruído da prata quando se debruçara sobre o balcão, estranhamente não lhe cheirara a nada. Poderia ao menos lhe oferecer um bombom, enquanto Paulo preenchia todos os pontos, quadrados e linhas sem metáforas. A letra dele era bonita, traços perfeitos e leves, desenhava devagar, como se medisse as palavras pelo seu comprimento. A sala branca.
Sente-se, o doutor dentro de uns minutos estará convosco.
Estás bem, Clara?
Não sei.
Precisas de ir à casa de banho?
Não quero ir... e se continua?
O olhar de Paulo fugia. Desenharia colunas greco-romanas no ar, tudo para não sustentar um olhar. Tinha traço firme, olhar errante. A enfermeira chegou em seguida.

Oliveira?

Sim.

Venha por aqui. Quer uma cadeirinha? Consegue andar devagarinho? Pode sentar no gabinete, dispa toda a sua roupa, ponha aqui, aqui tem um cadeadinho, a batinha, abotoe à frente, sim querida, esteja tranquila, sente aqui, o bumbum mais para a frente, isso mesmo, os pezinhos agora, aqui, aqui, isso mesmo, um de cada lado. O doutor estará já, já com vocês.

Será que, quando chegar o bebé, o chamarão pelo teu nome?

Como assim?

Ela chamou pelo teu nome, Oliveira, não foi?

Ah, sim… não sei, não sei, Paulo… agora não quero falar nisso.

Desculpa, Chuchu… ocorreu-me…

Onde mesmo é que ela foi?

A enfermeira? Não disse.

Não, a tua médica.

Ah, a Rita está em Portimão.

Tentara sorrir, ele sorrira de volta.

Vais ver que não é nada chuchuzinho… não vai ser nada.

Apertava-lhe a mão, úmida e quente. O rosto neutro, o corpo neutro, só as mãos e o olhar o traíam.

E se for, Paulo? E se for algo?

Com licença, boa noite, dona… Oliveira. O que foi que se passou?

Clara olhava as mãos de Paulo, e se acontecesse algo, tantos casais não sobreviviam a isso… teriam que se ver, dia detrás de dia, no estúdio, e ele com a sua letra firme e as mãos que podiam já não ser dela.

*A Clara, bom, nós, estamos à espera de um bebé, esta semana
faz nove semanas, já tem coração, sabe… e ela, bom, esta tarde,
sangrou, não tipo menstruação, um pouco menos, mas sangrou,
sabe, e a médica dela viajou…*

A Clara… Clara Oliveira?

Sim.

Está, portanto, grávida?

Sim.

De quanto?

Oito, vai para nove semanas, não é, chuchu?

A voz pareceu-lhe familiar, o médico tinha dessas vozes,
Clara chamava-lhes vozes de sofá, logo a pessoa descansa as
pernas, as costas, e se reconforta só de ouvir. Os pés presos no
metal, o papel-fronha começara a sair de um deles, como uma
touca que deixa escapar uma orelha. O médico no meio das
suas pernas, bata engomada, gravata ridícula, cheia de baleias,
deve ser desses fanáticos de mar, ah, ela conhecia bem esse
estilo, quase que se faziam chamar de capitão, meu capitão,
como o… Olhou o rosto e o sofazinho fez-se gelo. Ele.

Ele olhando para ela.

Bem no olho.

*Bom, menina, dona, Oliveira, diga-me, que quantidade de
sangramento houve?*

Procurou a placa, mas não, ele tinha o nome bordado no
bolso da bata: Neves Silva. Era ele. Era mesmo ele.

Doutor Silva, não sei bem, fiquei nervosa.

Gaguejava. Paulo apertou-lhe a mão.

Calma, chuchu, o doutor está aqui para nos ajudar.

Doutor Silva esboçou um sorriso.

A cuequinha empapou? Clarinha, hã, Oliveira, dona, menina, pense na sensação. A cuequinha estava molhada?
Clara olhava-o, tudo aquilo era assustador, e o João sempre soubera tranquilizar, médico, ginecologista, fazia sentido, trazia bebés ao mundo ou dava notícias trágicas com voz de paninho babador.

João, eu não sei bem, mas doeu-me, antes, e depois havia sangue, era diferente.

Da menstruação?

Sim, era mais espesso.

Não se incomode, doutor, a Clara nunca foi muito formal. Não pode examiná-la e dizer-nos?

Não, não me incomodo nada, senhor...?

Paulo, Paulo Pereira.

Ok, Paulo, então eu precisarei de fazer o toque aqui à sua espo...

Namorada!

Ah, bom, à sua namorada.

Paulo e os seus detalhes, agora ia parecer que ela era uma qualquer; que aquilo fora um acidente; que ele nem queria estar ali com ela; que não se tinham apaixonado, que nunca tinham ido à Grécia ver o pôr do sol; que nunca tinham tatuado os nomes um do outro, bem, tatuar, tatuar não, escrito a lápis de olhos, mas escrito; que não passaram horas a fio a falar de ter um filho; que nunca tinham tomado o ácido fólico juntos; que não tinham interrogado as mães sobre doenças hereditárias...

Queres que saia, chuchu?

Não sei, ele precisa sair, João?

Se quiser que ele fique, tudo bem, em geral só dizemos isto para que as grávidas tenham mais privacidade.

A mão doía-lhe, presa ao Paulo, tensionara como escultura, seria estranho agora largá-la, seria estranho ficar a sós com João.

Fica, amor, podes ficar.

Se não se importa, doutor.

Não, claro que não, por que haveria de me importar? Tudo isto é um procedimento muito rotineiro, muito, muito rotineiro.

As mãos nos joelhos de Clara, a voz mais forte, as faces rosadas.

Clari..., vou fazer o toque para ver o teu útero, depois se ficares mais tranquila fazemos o ultrassom. Clarinha, respira fundo.

Clarinha engoliu em seco, o teto era branco, Pladur, tornava o espaço mais cômodo termicamente, mas fechava o espaço, e o espaço agora pesava-lhe sobre o respirar.

O útero está esponjoso, como deveria. Quem disseste que era a tua médica, Clarinha?

Chuchu, ela é Rita do quê?

Rita Mendes, atende na avenida da Liberdade.

Ah, sim, a Liberdade está muito de moda – sorria –, ela foi minha professora no primeiro ano.

Ah, sim?

Auxiliar.

E o que acha dela, doutor, é boa?

Sim, Paulo, fique descansado que ela é excelente.

João fora buscar o ultrassom, Paulo afagava-lhe o cabelo.

Chuchu, tu sabes que eu não gosto que sejas tão informal com as pessoas, viste, elas ficam logo demasiado à vontade contigo.

Que homem chato, mandão, controlador, que raios fazia ela ali, a ter um filho com ele?!

João entrou com a máquina.

Ainda te sentes grávida, Clarinha? Com sintomas?

Sentia, sentia, sim...

Estou sempre a mudar de ideias, e tudo tem cheiro.

Os dois homens sorriram. Paulo sorriu como se tivesse recebido um bombom prateado da enfermeira.

O bebé foi muito procurado?

Raios, ele queria saber, ele pensava que ela, para o Paulo, era uma coisinha de ocasião.

Sim, mas quando começamos a tentar veio logo.

Toma lá Joãozinho impertinente! Sentiu-se um pouco menos furiosa com Paulo. Mesmo percebendo que ele aproveitara para se fazer de potente.

Ajeitou o ultrassom, olhou-a, aquele olhar transportou-a. Fora um presente de aniversário, ele sabia que ela queria experimentar o *bunguee-jumping*, ele sabia que ela queria experimentar. Era o mesmo olhar que sobre a falésia, os dois de mãos agarradas, um estou-contigo por dizer, vai-correr-bem e o salto para o vazio, o regresso às gargalhadas, puxados por uma corda e por um laço. Por que se teriam afastado tanto?

Tum-tum, tum-tum, tum-tum...

Havia coração. Batia-lhe o coração, estava ali, conforme o conhecia, corredor de mil maratonas, o alguém que era coração dentro dela. Os beijos de Paulo taparam o monitor.

O feto ali, vivinho da costa!

Está tudo bem com o teu feijãozinho, Clarinha, fica tranquila.

Obrigado, doutor, obrigado!! Viste, chuchuzinha, o nosso feijãozinho está bem!

Clara respirava fundo, no peito apareciam agora pontadas. Estava tudo bem, estava tudo bem! Amava Paulo com seu olhar fugidio, a ciência com seus aparelhos mágicos, o Pladur com as suas umidades, o João, de alguma forma.

Obrigada, João.

Às ordens, Clarinha…

A mão dele procurou a dela, agarrou firme e o olho piscou em silêncio.

POÇÕES DE AVEIA

Na Bretanha as gentes são escuras. Escuras de pele e de cabelo. Luminosos em tudo mais. Franceses simpáticos, extrovertidos, afáveis, dados.

Franceses? Não, bretões. A voz da minha avó caudalosa repetia: bretões! Como o Asterix? Isso, como o Asterix! Nada suscitava o meu ódio como os romanos, e eu via romanos em todo o lado: uma sandália de couro, cheia de fitinhas? Um traidor! Júlio César ou Augusto? Um traidor! Mesmo de sobrenome? Exatamente! Nada me escapava. Todo e qualquer gato laranja, (quem sabe por quê?), espião! Italianos, romenos e até emigrantes portugueses cheios de latim carregado? Espiões! Quando se tem nove anos, o mundo é um catálogo aberto. Basta olhar e ir pondo alfinetes. Os meus pais cobriam as férias dos companheiros, nos seus diversos trabalhos, verão paga-se melhor, diziam. Paris era quase Roma. A Bretanha, a minha aldeia.

Na casa dos meus avós fazia-se tudo à antiga, levantar cedo para apanhar minhocas, comer as papas de aveia para seres muito, muito forte, beber a cevada, embrulhar a fruta na língua. Lavar pálpebras e orelhas. Ninguém me fazia escovar os dentes, com o passar dos dias, soprava para a minha mão e descobria a que cheirava eu, por dentro. Chute no rabo e ala, rua. Lugar de criança é no mato, digo melhor, na natureza.

A bicicleta arrancava para o rio, para o centro, para as escolas fechadas cujo muro se desfazia debaixo de nossos pés, ali corriam histórias, rumores, boatos sobre a vida de nossos contemporâneos.

Pierre, Sebastian, Guillaume e Francisco. Quinteto liberdade. A semana tem cinco dias, os outros dois Deus inventou para comer bolachas e abraçar os pais no sofá. Segunda escolhia Pierre. Terça, Sebastian. Quarta, Francisco. Quinta, eu. E Guillaume-o-favolas[1] à sexta.

Eu gostava da floresta, quinta passou a ser dia de floresta. Avó, hoje pão com queijo! No pinhal não se lavavam mãos, nem beiços pingados de fruta. Cruzamos o centro, acenamos à dona Teresa, insultamos o velho chato do café: Romano! A entrada para bicicletas ao lado da fonte, bebemos água como camelos. Guillaume como dromedário. Avançamos, atentos, espiando o verde em busca de armaduras prateadas, roncos de vinhos de Trieste, canções da Perugia, pedras para pontes por entre arbustos, toda e qualquer numeração em letras.

Não esperávamos encontrar nada, é claro. O que poderiam cinco cachopos, mesmo um deles sendo mini Asterix, contra uma legião armada?

Ei! Há aqui algo estranho! Corações nos ouvidos, pés com asas, olhos na caruma. Um vestido florido, ferido, envoltório de uma princesa magrela, seguramente. Guillaume-o-dromedário encontrou uma sandália de mulher, de mulher bretã, nada de

---

1 Favolas, o mesmo que dentuço.

tirinha de couro e a sola já se despedia do calcanhar. Era Ela. Falbala! Falbala! Raptaram-na!

Francisco deitou-se no chão. Ouvido na terra. Imitamos. Sebastian irado, deu-se conta: Isso é para comboio, *putain*! Se pela orelha não ia, ia pelos olhos. Como chegara até ali? Bicicleta, carro, moto, às costas de um grotesco piemontês? Encontrei terra onde devia estar caruma. Veio por aqui. Arrastada? Pelas tranças seguramente, pelos fios loiro vivos, pelo sol domado frente ao espelho. Temos que nos separar para cobrir mais terreno. Engelhamos os dedos na fivela do cinto. Melhor ir juntos, pode ser que sejam muitos os romanos. "Cordão humano" é como se chama a isto. Floresta adentro, seguindo o rasto de areia.

Um grito paralisou-nos. É melhor ir buscar algum adulto, soltou o Francisco. À direita o sapato que faltava, e o que parecia ser um estojo de lápis, retangular e rosado. Não toco em coisas com folhos[2], Pierre-o-macho. E eu em coisas cor de rosa, Sebastian-mais-macho. Devias ter trocado de meias, então! Estava furioso, eu, estava furioso. E se tivesse veneno? Um gás que nos adormecesse eternamente? Uma tarântula? A arma do crime, pronta a se encher de nossas impressões digitais?

Fui. Dentes como os de tigre, o coração na testa. Com um pouco de sorte seriam só lápis e, efetivamente, tubulares e frios como canetas, ali estavam dois. Tirei-os para fora, lentamente. Havia ainda o que parecia ser um *spray*, cheirava a rosas, e ainda outro que parecia ter pepitas de ouro dentro. Tudo se esclarecia! Olhei os medricas[3]: A poção da beleza dela, e o seu antídoto. Assentiram, Falbala, linda Falbala.

2   O mesmo que babados.
3   O mesmo que medrosos.

Pierre cheirou o sapato, nem rasto de chulé, ela não chegara ali caminhando. Outro grito abafado. Estremecemos. Outro. Embranquecemos.

Estão a matá-la! Vamos chamar alguém. Eu não toco em nada com folhos, não, não. Eu, em nada rosa! Vamos chamar um adulto! Medricas, vamos mostrar a esses romanos de que se faz a Bretanha!

Era um líder nato, sabia-o. Ia esperar o meu bigode com dignidade, ia ser pequeno sempre com altivez, seria heroico mesmo sem cão branco e amigo barrigudo. Procurei cinco troncos largos, pedras pequenas para as fisgas. Abracei os meus amigos: se não voltar, digam à minha avó que morri bretão!

Deitados, cotovelo ante cotovelo, nas costas os paus equilibrando-se como podiam: Ali estava ela! Falbala! Os braços estendidos na folhagem, o cabelo era afinal encaracolado e escuro. As árvores não me deixavam ver mais. Gemia como se a afogassem, as mãos tremiam, sem forças para lutar. Palma contra o vento e os nossos joelhos levantaram voo de galinha até a árvore mais próxima. Esperamos em escadinha. Os gemidos continuavam, pareciam cada vez mais fundos, metálicos até, graves como a voz de um anão constipado.

Deitaram-na a um poço! Eu em folhos não toco, não toco! Vamos chamar alguém? *Ah, mon Dieu...* Coragem, bretões! Salto de lebre, paus em riste, fisgas prontas, olhos turvos traindo a rapidez do gesto. Também, quem é que está pronto para assistir a um assassinato?

Algo chapinhava, ofegava, gemia. Peles nuas, peludas. Mulher e homem que pareciam querer despregar-se um do outro. Ah, *putain*, são monstros siameses! O monstro de quatro olhos parou. Olhou para nós. A metade mulher gritou, a metade homem bradou: Seus pirralhos atrevidos!

As pernas coladas ao chão, tinham-nos pulverizado com *spray* antipoderes? Os siameses fizeram força e despegaram-se apressados, ela cobriu-se de folhas, ele correu na nossa direção. O olhar preso numa espada de carne, pingava, vermelha de veios, balançava-se pesada na nossa direção. Os pés pregados ao chão.

Fora! – gritou ela.

Fujam! – gritei eu.

Soltamos pedras, paus e fisgas, desvencilhamo-nos de companheirismos e cada perna obedeceu somente à outra. Coração no cocuruto, e nos joelhos, e nos pés, na barriga vazia de ar. O monstro homem vociferou pragas, romanas certamente, e desistiu de nos perseguir.

Na fonte, bebemos, bebemos. Afogamos testas, braços, pés.

Sem dizer nada, voltamos para casa antes da hora.

FORMIGAS

ormigas de novo, Ana. Onde? Balcão, lava-louças, lava-roupa, entrada. Que fazemos? Haverá ainda algo a fazer? Produto, produto, produto. Truque e mezinha. Vinagre, água, homicídios. Piadas sobre matar uma e as outras irem ao funeral.
De que falávamos antes, Pedro?
Sexto andar, direito, esquerdo, letras vermelhas, magras, de um tempo em que a elegância eram tentativas de ângulo reto, mármores claros e madeiras escuras. Um tempo em que o alumínio era moderno e o inox um luxo. O vizinho da frente esperando o elevador. A minha cara de desespero, a cara dele de cansaço.

Então, está tudo bem? Formigas! Aqui aranhas. Aqui também, muitas? Demasiadas. Oh, Ana, um primo meu faz desinfestações. Dedetizações? Isso, diga que é minha vizinha. Ah, o submundo do extermínio.

Mata-tudo? Aqui mesmo, qual é a praga? A praga é de formigas. Castanhas ou pretas? Castanhas, miudinhas. Finas como letras. Qual é a zona? Casa completa. Cão, gato, crianças? Três crianças, um gato, dois peixes. Fazemos claro, mas têm que sair, e você também.

Sair. Em agosto. Quando tudo fecha e se apaga, quando o calor sobe mais devagar que os preços. Quando todos já sabem o seu destino, e falta mar para tanto olho.

E dinheiro para tanta formiga.

Que fazemos, Pedro? Podemos ir ver a minha mãe à aldeia. Levas os miúdos? Levo? Leva. E tu?

Deixa-me ver...

O carro branco fez-se rasteiro, o gato no teto do carro, desconhecedor de zinco. Janelas descidas, a filha do meio revoltada, tocou-lhe o pior lugar. Pedro estendeu o mapa no regaço de quem faltava. Eu faltava. Duas bicicletas coladas às traseiras quase raspam no asfalto.

E tu, que vais fazer?

Fico.

Arrancaram, o chão tremia como água de ricochete, tanto calor, tão cedo e tanto calor. Ficava. Tinha planos para as formigas. Ao abrigo da solidão, imaginei-me exterminadora, puxando ferro quente, lixívia, ácido, sal esfoliando o mármore negro da bancada. Na penumbra, bebendo um copo de vinho branco com uma pedra de gelo, falsa, de plástico. Deixando as formigas saírem de seus esconderijos, chegarem ao meio da bancada, estabelecerem-se e depois varrê-las de fúria. Um jato de secador de cabelo, talvez. O telefone estrangulou o devaneio.

Vão de viagem, então? Sim, eles. Vá você também, dona Ana, olhe que com este calor o produto fede e de que maneira, amanhã 'tamos aí às oito.

Veriam a casa naquele estado?

Arrumei as roupas, lavei o chão, estendi a casa ao sol. As persianas brancas espelhavam a luz. E elas, ali. Assoberbadas, destemidas.

Tinha de sair.

Google. Q U I E T U D E E M A G O S T O.

Primeiro resultado: M A R K A D I A.

Campismo privado em pleno Alentejo. Ninguém seria doido o suficiente para se estabelecer ali. Seria a primeira. Mochila gasta, esquecida no armário, a de antes de filhos, do marido, das formigas, um tempo em que a nudez era cômoda sobre a lama, a areia e a caruma.

Emprestas-me o teu carro, mana? Então, Ana, está tudo bem? Sim, são as formigas. Continuam? Continuam.

Teresa estava no Algarve, o carro quieto na garagem, a chave de casa dela no prego do meu armário.

O carro cheira a pinho e perfume barato da cara metade dela: um marcador de território. Teresa não entende, fascinada pelas graçolas baratas de um homem demasiado simples. Tão simples. A garganta arranha de poeira e solidão. A estrada arranha de sombra.

Leonard Cohen desfilava sedas por Berlim, ar de jasmim por Viena, e a vida que a ele e a tantos escapara nesse ano. E o raio das formigas ficaram. E nós, que já não vamos a Berlim, também. O caminho principal ficou para trás, eram poucas as indicações. Sobreiros e caroços de azeitona. Lascas podres de cortiça e limoeiros em casas caiadas. Ninguém nas ruas. Um pano quieto, sem brisa: festas de agosto.

Fez boa viagem?

Um sotaque nada alentejano, a senhora da recepção. Na pele o sol era outro, mais forte que o do Alentejo. Cabo Verde, talvez. Cabo Verde era um belo destino, para quem tem menos filhos, menos prestações, menos formigas.

*Uma pessoa. Só uma? Só uma. Tendas? Uma. De quantos?
De dois. Bem-vinda!* A ventoinha era rápida e foi com pena que saí para um mundo
sem brisa.
*Pedro, cheguei. Que bom, Ana, é bonito? É, e os miúdos?
Consegues ouvir?* A gritaria ecoava, Pedro estaria na cozinha, bebendo água fresca
de um jarro de barro, a asa partida cuidadosamente colada,
no triângulo da ponta o barro lascado e a frase: cuidado com
a ponta, que se cortam! Imaginei o caminho da água. Fazia
muito calor ali, no meio do Alentejo, no meio de agosto, no
meio de nada.
Procurei na mochila o biquíni, a mão voltou vazia. Não podia
ser tão tonta. Mas era. A barragem estava deserta. Vesti roupa
interior[1] negra e desci. O pó da areia coçou na garganta e cuspi
com força, o cuspo desapareceu na terra seca.
Pelo caminho de pedras sucediam-se ervas altas, verdes e fortes,
o cascalho tinia debaixo das chinelas, o caminho em descida.
Um coelho atravessou rápido e o pé torceu de susto. O plástico
cedeu e a chinela perdeu contato com o pé.
Partiu-se.
As calcinhas negras rotas na etiqueta, a *t-shirt* gasta, de pijama.
Receei o olhar de alguém. O coelho já ia longe e o dia terminava.
No silêncio da represa ecoou uma humilhação que não podia
entender.
Amanheceu devagar, dentro da tenda havia ainda frescura e
ordem. Não sabia se as chinelas se reciclam, deixei no lixo

---

1 O mesmo que roupa de baixo.

comum. Sapatilhas de correr nos pés, escova de dentes numa mão e telemóvel na outra. Duas meninas corriam e um gerador fungava. Cheirava a café.

A casa de banho estava limpa. Uma mulher gasta, mole, carregada e esquecida olhava-me.

Bom dia!

Ecoou. Olhei para ela. As pernas brandas fugiam pelos calções, os braços cheios como chouriças. O cabelo fino e os olhos, bolsas de chá. A roupa era barata, lavada e familiar.

Quando fora que me transformara naquilo?

De banho tomado e protetor solar passado com afinco, peguei no café e no livro. O livro sobre um homem tonto, duas mulheres tontas, uma gata inteligente.

Na mesa de plástico caíam folhas de árvores e borras de café. Na taça o açúcar diluía-se na preguiça. Deitei-me atravessada nas linhas da colcha.

Queria sonhar com ordem e limpeza.

Um rato passava pelas pernas e o Pedro dizia que era melhor que as formigas. O meu mais novo tinha a língua azul e a menina do meio estava suja de cerejas. Um rato passava pelas pernas, subia ao joelho e ali cavava um ninho.

O rato tinha barriga.

Eram muitos.

Acordei com formigas, Pedro, acreditas? Diz? Acordei com formigas! Em casa? Não, na tenda. Ah, já sabes, ar livre.

Um calor tapou-me os ouvidos e abriu-me as narinas.

Meninos, querem falar com a mãe? Beijinhos!

Risos ao longe.

Não ligues, estão entretidos com o avô.

Que bom, que estão a fazer?
Aquele truque do coelho na cartola.
Sacudi a colcha, as toalhas, a tenda[2]. Montei o varal de luz contra as árvores.
Desci à represa. Não havia coelhos e as cigarras ferozes ameaçavam-me de algo. Alguém deixara um colchão na água, dois chapéus de sol, um verde comido, o outro com listras laranja. Fora isso, era como se ali nem descesse o sol. A água fria, fria de mar, e depois quente como poças de urina de criança. Um ligeiro cheiro a óleo diesel. Boiei um pouco.
O aro do sutiã mordia um sinal que esquecera de tirar "no fim do verão", dissera a dermatologista o ano passado. A represa em concha, a água abria-se no horizonte, os montes eram verdes e calvos. Calvos mas verdes, e isso estranhava-me. Desciam para a água em pedras de barro e de cinzentos, um fio recortava a terra ao azul da água. Escorria algo, rumor de fonte, talvez, e ainda que não se pudessem avistar pessoas, chegava um cheiro a laranjas em rodela, mordidas devagar.
Se me sentisse mal, ninguém me acudiria. Calvos, os montes mordiam medos antigos. Seria melhor não me sentir mal.
A água espessa, turva, ainda que ao longe fosse de azeitona e de noite. Nadaria! Pronto! Nadaria.
Os braços queriam cortar a água e ela recebia-os quente, espessa e empurrava-os, prendendo-os um pouco. Ficava fria na cintura, gelava as mãos em conchas e soltava de mansinho os pés. Mergulhava e afundava-me o suficiente para saber que havia lodo, sentir medo e regressar. Tudo estava quieto.

---

2 Barraca de *camping.*

A boca cortava a água e esta aveludava as faces, lambia as orelhas e descia mansa pelos ombros. Empurrava tudo, com força e pressa e a massa de água enlaçava-me firme e quente, mordia o músculo, acariciava o peito. Descia pela barriga e esfriava nos ossos da anca, descendo a roupa ensopada. Mergulhei de novo, e o pé encontrou nada, e um medo fininho subiu pela espinha, puxou os cabelos sobre as orelhas e empurrou-me de costas. A água sumia na cara, no peito, na barriga. O calor sufocava. Precisava mergulhar.

A água doce como figo verde, como promessa de abrigo, não abri os olhos e abri a boca e a água era doce e era nada, eram todos os gostos ausentes. E o peito despedia-se de prisões e a cintura fechava-se devagar.

À margem deixei os pés tomarem fôlego. Os montes verdes e calvos, e como nisso havia algo de profundamente estranho e errado. Verão era para estar tudo seco, doirado, era para desolar, para arder, para queimar. A água devia ser verde e os campos serem terra. Devia haver sapos subindo as pedras, sons de pássaros de rapina e não de cigarras ameaçadoras, sem graça e sem tom. E, por mais que não estivesse ali ninguém, abria a boca como se se recuperasse de uma longa travessia, disfarçando de cansaço o temor.

Na casa do meu avô também havia coelhos.

Não eram bem dele. Da janela da cozinha via-se um muro, comprido, de cimento rachado. Pareciam arrecadações de bicicletas, patins ou garrafas de gás, compradas sempre aos pares. Mas não, eram gaiolas, profundas e frescas.

Cada casa tinha a sua. Algumas casas, pouco dadas à vida de campo às portas da cidade, deixavam-nas criar folhas, aranhas e vazios. Outros resistiam, trazendo o mais simples: coelhos e galinhas. Cheirava mal. A feno e a milho e a cocô, bolor de estar fechado. As grades eram para eles, os humanos abriam sem licença, havia confiança. O meu avô sorria, e brilhava, enquanto de mão dada comigo fazia aparecer um coelho esperneante, quando o fazia sossegar ao peito, quando a sua mão era folha e o coelho se deixava acariciar por uma criança nervosa e deslumbrada. À janela o coro das velhas, que eram meu pai e minha avó: cuidado que te falta o ar. E o meu peito fechava. E o meu avô calava-os cantando baixinho, deslizando o dedo deformado de anos no pelo do bicho. Coçando-o com as unhas quebradiças, de as despalitar com o canivete. Eram boas recordações. Coelhos diferentes destes que se intuíam nos arbustos.

Distraiu-me, no pé, uma comichão quente.

Pedro, tu acreditas que há sanguessugas aqui? Estás doida? Juro-te, sanguessugas, modestas, mas sanguessugas. Já as tiraste? Não. Então? Como é que as tiro, Pedro?

Estás onde? Aqui na areia. Oh, Ana, arranca-as rápido! São tantas, Pedro. Ana, uma a uma, puxa-as para fora. Não desligas? Como? Ficas aí? Fico. Ainda estás aí, Pedro?

Viscosas e castanhas, saíam uma a uma. Não sabia onde as deixar e dei-lhes piparotes como as crianças pequenas aos macacos do nariz.

Pedro? Sim... Acho que já está. Pronto, viste, não era nada. São como as formigas, Pedro. De tamanho?

Subi a encosta, a custo estendi a toalha e a colcha. A custo escolhi o que vestir naquele calor. A custo entrei de novo na casa de banho, onde uma das meninas que corria falava sozinha ao espelho. A minha presença não a interrompeu. Havia uma Elsa que precisava de ser convencida de algo, uma Ana que era ela, que a convencia de tudo. Um tal de um príncipe, uma rena e um Olav, que lhe enchia o coração. No espelho a cabeça dela descia, subia, girava em aproximações e despedidas que ela seguia de olhar fixo. Fiquei a ouvi-la. A voz dela ecoava. No espaço, a voz dela era outra.

Era uma intimidade real. Nada do que o outro mostra nos pode realmente constranger, e por isso olhei-me no espelho. Uma mulher gasta. Na testa um vinco que boiava como um tronco. Nos olhos via-se apenas o reflexo desinteressado de si mesmos. O pescoço era inteiro, ainda, mas vincado como calças de homem. Por mais que tentasse, a minha pele não doirava, ficava vermelha e depois descascava.

Elsa estava fora de controle, e a menina agora gritava:

Para, para, para, Elsa, sou eu, a Ana!

Quebrei o silêncio:

Eu também me chamo Ana.

Não devia ter quebrado o silêncio.

Ana, o meu nome é Ana, e tu, como te chamas? Maria. Ah, gostava de me chamar Ana. E eu de me chamar Maria. Não gostavas nada. Pois não... Gostava de me chamar só Luísa. Só Luísa? Não, deixar de ser Ana Luísa e ser Luísa. Parece fácil. Parece... Eu queria ser Ana, Ana-Elsa-Ariel de Lopes e Cunha. A água quente saía com força. O espaço vasto da cabine permitia a lavagem do corpo, do ar e das ideias. Ecoava sobre o azulejo o mosquito, o gosto da espuma e uma preguiça murcha. Lavei os pés até me esquecer das sanguessugas, os cabelos até esquecer os piolhos que duraram meses, lavei os dentes três vezes.

Continuava a ser Ana, mas estava de novo organizada e limpa. Minimercado, massa fria, tomate, azeite. Sal. Vinho branco e água. Fazia calor. Esperado. Dos que cansa o peito. As alças do saco deslizavam pelos dedos e, apesar de não ser longe, cada passo era um caminho. Começara a agarrar o jeito daquela solidão, daquele calor, quando apareceu um homem.

Precisa de ajuda?

A cara quadrada, sardas e olhos verdes. Sotaque estranho. A pele morena e na mão que me estendia corria uma formiga opulenta que se embrenhou nos pelos doirados e subiu, contornando areia e creme protetor.

Precisa de ajuda? Tem uma formiga no braço. Ah, não faz mal.

A mão do braço com formiga agarrou o saco. A formiga subiu no meu braço. Ele levava o saco e eu não soube o que fazer. A formiga ardia sobre a minha pele.

Luísa, Luísa!

Que horas seriam? Estava na tenda e já era de dia. Era Ana-Elsa-Ariel.

Vou-me embora, voltamos para casa, o Olav tem pena, mas a minha mãe já se fartou.

Ana-Elsa-Ariel levou Olav-o-cão, levou a irmã resmungona, a mãe esgotada e um pai careca. Levou também uma família holandesa num *trailer* e um casal idoso especialista em campismo em quem eu não chegara a reparar. Vieram três homens tapar uma fossa, numa zona interditada a uns metros de mim. Fiquei quase sozinha, no castanho e no verde, agora tão monótono, sem o chapéu de sol de listras laranja. Não tinha nem fome, nem sede, nem nada com que me quisesse preocupar. Caminhei pelos limites do parque, uma vala aberta esquecida atrás de zonas planas. Se nos quisessem matar, os corpos suados encontrariam a terra seca, mas preparada.

Nos limites do arame, o que poderia florescer?

No chão, um coelho. Ou o que restava dele. O pompom e a cabeça conservados. De ponta a ponta a espinha, nua, perfeitamente branca. A terra seca e preparada. Não consegui pensar em nenhuma razão para ele estar ali. Ali, assim. Um caminho negro de soldados mínimos afastava-se.

Malditas formigas.

Terminei a caminhada, bebi água fresca na fonte. Fotografei a água macia, ao longe. Nenhum coelho, nenhuma cigarra. A hora era de grilos.

Quer alguma coisa do mercado? Fechamos agora! Ah... sim. Água, azeitonas, um queijo de Nisa, antecipando como o cuspirei depois, nunca gostei de queijo de Nisa. Vinho branco, fresco.

Algo mais?

Atrás dela, uma caixinha amarela, há tanto tempo esquecida. Pode ser um maço de Português Suave e um isqueiro.

Voltei para a tenda pela zona de banhos. Queria evitar o homem da formiga. Alguém cantava e corria água. Cheirava a sabão azul. Uma mulher alta vestia calções de jeans e uma *t-shirt*. A ponta do cabelo molhada de espuma encharcava a *t-shirt*. A *t-shirt* era do *The Rocky Horror Picture Show*.

Eu adorava o *The Rocky Horror*.

Girei à esquerda, ramos secos alfinetavam improvisadores de rota, empurrei-os com fúria. Um enxame de abelhas cercou-me. O chão fervia, soltava o calor típico das discussões. Os grilos queixavam-se e apareceu um gato por ali. Feio, áspero como veludo gasto.

Cuspira o queijo, e o vinho nadava à vontade. Precisava de um banho.

À noite os azulejos da casa de banho ficavam laranja. Os espelhos esfumavam como se cheios de talco. Ana-Elsa-Ariel deixara o eco, mudo. Observei a cabine do outro duche. Observei o duche que usara sempre.

Enquanto hesitei, entrou a mulher com cabelos de sabão. Escolhi à pressa o duche novo, entrei e pousei a toalha.

Costumo usar esse, disse ela.

Ah, e eu o outro, deixe que troco.

Não, não se preocupe.

Ela entrou na cabine, atrás de mim, pousou a toalha sobre a minha. Era de praia, tinha relevos no tecido, vermelhos, amarelos. O cabide ficou pesado e colorido.

Não se preocupe, eu troco, insisti.

Não vale a pena, o espaço é amplo.

Fechou a porta atrás de si. Enredou as mãos no meu cabelo. O corpo dela veio para perto de mim. O meu corpo foi até perto dela. O corpo dela no meu era um mergulho. Transpirava. E o corpo inteiro doía, o colchão tinha-se esvaziado. Calor a mais? A garrafa de água ficara do lado de fora. No escuro, a água espelhava algo. Quieto a seu lado um coelho enorme.

Ou talvez seja aquilo a que chamam lebre.

A lebre, sentada, olhava algo. A água a seu lado e eu com sede. As orelhas desproporcionais e a pele era baça e fofa e nada ali era mágico. A lebre estava quieta. E isso era como montes verdes e calvos no pico do verão.

Estendi a mão para a garrafa, devagar. Algo passou rápido e

roçou a minha mão, e agitou-se na terra e ganiu como um tronco quebradiço.

Um gato de veludo feio segurava a lebre sem magia.

A lebre fitava o que não estava.

A água entornou-se na terra seca e um mosquito beliscou-me.

Malditas formigas.

MANICURE

Aqui, no topo da escadinha, olhando, esperando o Tiago terminar de saltar, saltou, o seu corpo pequeno voa alto impulsionado pelo azul elástico estendido à minha frente. Sou eu, agora vou eu, olho para o azul ainda ondulando rigidamente, onde está o meio, tenho de me lembrar de saltar para o meio, ali está… dobro os joelhos, ganho impulso, olho para os meus pés, e de repente, algo ali engole o mundo. Um vermelho muito vermelho, uma dor antes de doer, uma dor escondida, camuflada no verniz: a unha metendo-se para dentro da carne. Rápido e implacável, aquele ponto vermelho captura-me, tudo ali, parado naquele vermelho, naquele vermelho com azul de fundo, tanto azul. Esqueço-me de saltar, estancada.

"Salta, Sílvia, salta!!", oiço a voz do António, "Salta, gorda, salta!" e ali à minha frente, debaixo de mim, rodeando-me: o nada. E o nada é azul. Procuro o meu pai, ao longe ele acena e parece balbuciar "Com cuidado, Sílvia, com cuidado…", pronuncia o meu nome em surdina, e eu vejo como ele é ruivo, tinha-me esquecido de como ele era ruivo… Um ruivo escuro, ainda não chegaram os cabelos brancos das despedidas, os olhos subterrados pelos adeus. Sinto mais medo quando ele diz cuidado. A minha mãe está ali também "Salta, filha, salta!!", desejosa de uma história por contar, sem pensar na possibilidade de um estilhaçar de mil e uma narrativas. Olho para baixo, a unha vermelha no meu pé magro, e o azul ondulando ao longe, a trinta metros, o trampolim mais alto da piscina municipal é tudo entre o verniz e a água. Organizo os pés, abro os braços, alongo-os e abro o peito. "Sou um pássaro sem ninho... Salta, Sílvia, salta!!" e eu avanço para a queda e para o azul. Pulo.

A promessa em meus ouvidos, repito-a para mim enquanto caio, é o conhecido até aqui, a promessa de conseguir. O vento desafia-a por fim; um aperto, um aperto em todo o corpo, tenso, controlado, novo. Assustada e livre.

"Salta, avó, salta!!", agora é o Tiago gritando, olha para mim como um pequeno tirano à espera, pedindo que seja experiente, capaz de num abrir de asas aterrar no centro e se pôr de lado para outro garoto passar.

Até este azul ser-me abismo, o Tiago era só o meu menino, aquele era só seu aniversário e isto era só um trampolim redondo e humilde. Agora tenho uma unha vermelha escavando-me a carne, um joelho inchado e um pé gordo. O António tem netos e vive no norte, o meu pai morreu com cabelos brancos como a neve e a minha mãe esqueceu-se de contar as minhas façanhas até as levar com ela numa noite de Natal.

"Desculpa, querido, a avó lembrou-se de um medo de trampolins, um medo antigo..."

Começo a descer, devagar, subitamente consciente da minha artrite e demais maleitas de velha.

Tentando não cair, quase não reparo numa mão, ali, pequena e firme, estendida para mim.

"Eu atiro-me contigo, avó, para não sentires medo…"

E um aperto antigo, feito aperto novo, um nó que aconchega uma vida toda, deixa-me sem palavras, dou a volta, abraço-o, de novo o meu favorito, e fecho os olhos… salto alto ou pelo menos salto com toda a minha força, o corpo dele protegido no meu, e nesse vento apenas pressentido penso por fim: "Salta, Sílvia, como um pássaro feito ninho… e amanhã voltas à manicure."

DARWIN

Darwin interessara-se por aquelas montanhas. Montanhas é um modo de dizer. Um conjunto de bossas amenas num país de linhas de água. Interessara-se por umas rãs pequenas e verdinhas, só existiam ali. Ovelhas poucas, muitas vacas, um ou outro javali. Cobras, aranhas, pássaros ciosos de seus espaços, morcegos. E as rãs. A casa era curta, espreitava a montanha tímida, mas segura. Em frente à casa, uma cabana terminada, ao lado uma por terminar. Na cabana terminada, uma família de rãs darwin na descarga, um ninho de vespa sobre a janela. Na por terminar, as ferramentas, as tintas, uma bicicleta enferrujada e a cama para o filho mais novo. Três mantas de lã de ovelha, cem por cento, para compensar a falta de uma das paredes. Comia-se pouco ou nada. Quadrados de queijo barato, amendoins torrados no saleiro, *whisky* esse sim do bom, um filho trazia sempre do *free shop*. Com sorte umas fatias de quiche de espinafres, requentada no forno rústico, preenchia a sala do inequívoco cheiro a gás.

Ainda assim eles vinham. Armados de antialérgico e botas de plástico para as cobras, com os filhos pequenos e uma caixa de primeiros socorros. Cheios de desculpas enfileiradas para não passar a noite, nisso só o pequeno podia ser frontal: falta a parede da frente na minha cabana. E eles respondiam: queres mais mantas? Um insaciável, o benjamim.

Sentados ao lado do fogo e dos amendoins, apertavam-se filhos e netos. O avô estendia as pernas sobre a poltrona e a mesa pequena, as *crocs* gastas empurravam os amendoins. As noras entreolhavam-se, talvez por dentro se benzessem. Outros sapatos de plástico coçavam o chão, suspirando, suspirando, a avó trazia um copo de cada vez para a mesa. O avô, então, punha uns diapositivos: os filhos pequenos, louros, mordiam flocos de batata, corriam diante, rafeiros, sentavam-se ao colo uns dos outros, empilhados numa resistência muda professada até hoje. A avó vem, se querem cerveja ou vinho. Fica a olhar as fotos e são as noras que põem a mesa, os copos que faltavam, os pratos, as colheres onde não há garfos. Ela ri, os dedos encontram os fios grisalhos do primogênito, enrolam-lhe os cabelos. Ele não gosta, simula fome e debruça-se sobre os amendoins. O do meio deixa. Deixa? Não sabemos se nota. O último, de cabelo preto, pergunta o que há para os miúdos comerem. Ela fica quieta, coça as *crocs* no chão, conta as cabeças: menos de uma empada e meia por pessoa. Esquecera-se deles, dos miúdos, dos netos, os filhos pequenos de seus filhos grandes. Eles não podem morder, os dentes ainda guardados nas gengivas. Então as mulheres abrem as empanadas e dão-lhes o recheio em colheradas. Comem queijo, uma delas solta um pum sem se dar conta. Não pode beber leite. O velho pede ao filho de cabelo preto que lhe traga gelo e *whisky* e ele obedece. Enquanto caminha, fala alto como um cão que uiva e os cães, até aqui quietos, seguem-no como se o entendessem. Os outros riem.

Uma das mulheres não entende, não é dali, e as palavras não foram ditas por inteiro, o cunhado come letras e ela, ela não é dali. Tem fome, mas não quer mais queijo. O filho dela não gosta de espinafre nem de queijo. Cospe. Tens fruta? Ela pede. A velha estica o braço, aponta o frigorífico: vê lá. O gesto já diz tudo, não há nada. Faz sinal ao marido, o primogênito, talvez ir comprar um pãozinho. À aldeia? Agora? Os pés estão agora na mesa, arredam o copo dela, o *whisky* aguado, as colheres cuspidas de espinafres.

Na parede branca, os diapositivos, três crianças pisam uma poça de água e a mulher de fora dali odeia a mais alta. Quer ir para casa e a sua casa é muito longe. Olha as pernas do marido sobre as ripas de madeira seca. Como seria deixá-lo? Não voltaria ali nunca mais, era uma vantagem. Talvez o filho voltasse, voltaria ali com o pai, e sem ela e ela sente terror. O terror prende-a ao chão. E se o proibisse de vir? Nenhum juiz aceitaria isso. O filho dela chora e grita, frustrado por não ter comida. Ninguém tira os olhos da parede.

Ela olha para a outra mulher, a outra mulher devolve o olhar, tem as faces vermelhas, o corpo treme e ela morde a boca, morde a boca de lado, isso quer dizer muita coisa. O filho nos braços pesa-lhe e ela olha os velhos com desdém. O filho dela também é uma criancinha loira e ela, ela é muito morena. A segunda mulher grita: tenho fome!

O marido olha para ela e entende. A comida? Já está pronta? A velha retorce a boca, temos menos de uma empanada por pessoa. Depois endireita-se, tesa. Podem comer a minha. O pequeno, de cabelos negros: Como? Não há mais nada para comer?

O filho do cabelo cinzento continua a olhar as fotos com os pés ao lado do copo da mulher, a mulher não é dali e olha o copo pensando se o marido não terá pisado no cocô dos cães. Tem que lavar o copo, não vai beber aquilo, não aguenta mais estar ali, não quer voltar nunca mais ali, e pensa no hálito quente e seco daquelas pessoas e há algo de insuportável, de putrefato e olha o filho, não o pode deixar ali, nunca. Então a velha toca-lhe no braço, estica o queixo: Vês como o teu filho é igual ao pai?

Todos olham a criança loura na parede. A criança dela é toda dourada. Para ela é de ouro. E todos dizem: É igual. Excepto a outra mulher, apiedada diz: É muito mais bonito, o teu filho é muito mais bonito. Solta uma gargalhada, ferindo os outros e salvando a mulher, a que é de fora dali.

Uma formiga passeia pela mesa. Então ela tem um plano: Vou pôr o menino a dormir a sesta. E o velho diz: Sim, comigo! Mas é gordo e pesado e bebeu demais. Não, não, ela vai levá--lo a outra casa, e todos dizem: Agora? Agora. A outra mulher diz boa ideia, e pega na mochila do seu filho e grita o nome do marido.

O marido da mulher que é dali tira a cabeça dos dedos da mãe e vai. O benjamim uiva, tem fome e é tudo um desastre, aquela casa é um desastre e sai à frente da cunhada, a mulher de fora dali. Ela tem o filho no colo, os casacos, as bolsas e o choro. Ele passa à frente, quer sair com os cães e ela tropeça nele, deixa cair os casacos, a mochila, segura o filho com os joelhos, que batem no chão.

Os cães correm para o lado do carro e o marido dela, as per-nas estendidas na madeira seca, faz um gesto ao pai, quer mais *whisky*. Ela já não o poderá amar, nunca mais. Levanta-se e vai atrás do cunhado, dos seus uivos: Dou-te boleia até a casa da tia, ali perto. Onde há fruta, iogurte, sopa para o filho dela. O marido grita-lhe desde o sofá: Eu fico, vamos ver o futebol. Não deixará o filho voltar ali sem ela.

Então o velho chama-a, se lhe pode pedir um favor, e ela não entra, o filho nos braços, os joelhos doridos, se ela pode ir com o mais novo, o do cabelo preto, que uiva, à aldeia, comprar o jantar, as bebidas. E o marido acende a televisão, e vários homens correm e gritam numa língua diferente da dela.

Não consegue acreditar e então entra. Entra, entra para lhe dizer: Vai tu, marido, vai tu fazer as compras. As pernas dele sobre a mesa, um pé sobre o outro, a sola embrulhando o pé, rachada. O plástico descascado, a lona gasta. Ele tem os sapatos rotos, ela pensa. Ele tem os sapatos rotos. Olha para ele, o cabelo cinzento, os olhos gastos, os sapatos rotos.

Ele olha para ela, ele tem lágrimas nos olhos.

Ela dobra os joelhos como se um peso muito grande lhe escorregasse pelo corpo, ele tem lágrimas nos olhos. E então ela diz:

Podes vir comigo, amor, vem comigo.

O PÁSSARO

Olhos fechados sem sobressaltos, caídos apenas. Nariz pequeno, frente enrugada. Ardia a barba, crespa, como coelho feito casaco. O cabelo, único sinal de juventude, castanho claro, mal cortado. Aqui e ali mechas doiradas dos dias de criança. Não tinha pestanas. Ou quase que não tinha.

No colo, uma caixa. Tremeu e pude ver que tinha buracos pequenos, como se escavados a alfinete. Um pássaro. Talvez. Pequeno, um pássaro numa caixa escavada com alfinetes. Precisava de o fotografar. Procurei o telefone. Ele dormia, o pássaro estava guardado, ainda assim sacudi os cabelos como se me visse no espelho negro do ecrã. Cliquei no botão redondo, que pulsava. O meu coração sacudia o comboio, fazia-o soluçar.

Pela janela escorria a planície: castanho, amarelo, amarelo torrado e a chuva fina que riscava o vidro como um vizinho zangado, com um carro, estacionado no passeio. Queria entender a que cheirava lá fora e não havia registro em mim de tais ventos. Dentro cheirava a humanidade e a urina. Um cheiro líquido que se grudava às narinas. Ah, os comboios. Seriam assim, desde sempre?

A caixa tremeu, entreabriu os olhos, num espasmo de recém-nascido. Murmurou qualquer coisa, doce como raspas de laranja na marmelada. Reparou em mim. Sacudi o cabelo, prestei atenção à terra, lá fora, desdobrando-se do nada. Procurou o meu olhar para se certificar de algo, um jeito inquisitivo de saber se eu queria fazer-lhe uma pergunta. Sorri. Ele baixou a cabeça, um cumprimento. As mãos voltaram a agarrar a caixa com força. Os dedos mais escuros que o braço, veias grossas embrulhando as articulações. Fechou os olhos.

Chovia e o castanho nos campos ficava mais claro, apareciam zonas verdes, casas cinzentas de cimento e betão. Ali a vida era urgente, bastava o teto para fazer a casa. Cada tanto, placas com letras que desconhecida. Tirei algumas fotos com o telefone. A chuva embaçava os vidros. Não ficaram boas. Ele adormecera, a cabeça descaía, havia um pesadelo de criança no rosto.

Uma criança sem sobrancelhas.

O cheiro agora mudava, úmido, de madeira. Ele dormia. A caixa quieta.

Os pássaros dormem?

Entraram pessoas na carruagem: um velho, uma velha, uma criança. Não gosto de falar assim: um velho. Mas um idoso é outra coisa, é alguém que é quem é, e que o tempo habita. Um velho é outra coisa. Diz-se um velho, uma velha, e toda a gente imagina aquilo que eu vi. Há velhos que são instituições. Não variam, por mais que mudemos as letras do alfabeto. Ela toda de negro, ele também, apenas a camisa branca. Ela tinha um lenço na cabeça. Ele, um chapéu. Os rostos quase iguais, redondos, rosados, olhos azuis. Um azul de aquarela, se o pintor, distraído, esquecesse o pincel na água. Tão diluído que tive que fazer o esforço de acreditar que lá estava. A menina, a neta talvez, magra, vestia de castanho, uma camisa rosada e os cabelos escuros. Disseram algo. Abri os braços: não falo russo. Eles riram, repetiram a pergunta. Não falo russo. A menina disse: de onde, de onde? Acho que era isso: De Portugal, de Por-tu-gal. A velha olhou-me nos olhos e falou.

Falou muito tempo, e os meus olhos secaram-se de olhar nos dela. Assenti quando parecia que era para concordar, torci os lábios quando a coisa parecia triste, mostrei os dentes quando havia alegria. Imaginei que ela falava de um parente, um vizinho, que se mudara, para longe, talvez Portugal, mas não necessariamente. Ela tinha saudades, ele ia bem, ele ia mal. O velho dormia, o chapéu escondendo o rosto duro. A menina olhava a caixa, que voltava a se agitar. Como garras, ele puxava a caixa para si. Não abriu os olhos, não olhou para quem entrara. Talvez a ladainha da velha, para ele, fosse uma coisa que tinha ouvido muitas vezes. A velha puxou de um lenço, um quadrado de flanela e começou a chorar. A neta tocou-lhe o joelho gordo debaixo da saia negra. Algo terno na língua rude. O velho abriu os olhos e repetiu umas palavras, talvez não chores, não chores, ou já passou, já passou. Talvez.

A neta abriu um guardanapo, uma espécie de bolo de mel, feito de migalhas e de bolso. Queres? Devia ser isso, agradeci, que não, que adiante, que esteja à vontade. A caixa começou a mexer-se muito, e a neta tinha os olhos pregados na caixa. Ele continuava quieto, os olhos sem pestanas, fechados. A avó não queria bolo e o avô bebia algo, de um frasco, que cheirava a picles e batata. A caixa mexia-se: da esquerda para a direita, da direita para a esquerda.

A menina separou algumas migalhas, lambeu o dedo, colando as migalhas ao dedo. Aproximou o dedo dos buracos na caixa e puxou o dedo para cima, com rapidez. A migalha entrou na caixa, que se mexeu da esquerda para a direita e da direita para a esquerda. A avó puxou de umas linhas que torcia nos dedos, grossos. O avô desaparecera no chapéu. Ela procurou o meu olhar.

Divertia-me. O cálculo do silêncio, a força do empurrão, o dedo fugindo como um trovão. Ri-me. Ri-me mais. A caixa ia para a esquerda e para a direita, e da direita para a esquerda. O comboio sacudia-nos como uma mãe bruta a um filho teimoso. A chuva era agora pedraço, golpeava os que dormiam, numa urgência qualquer. Eu não entendia nada, só aquele dedo que ia e vinha e alimentava um pássaro numa caixa.

A menina ficou sem bolo. Não tenho comida, disse, e ela abriu muito os braços, os ombros subiram e desceram: o que estás aqui a fazer? Achei que era isso. O que eu respondesse ela não ia entender. Comecei a rir muito e ela também sorriu. Talvez por isso tive vontade de explicar:

Abri a boca e os cantos estavam empapados, os lábios, no meio secos, romperam-se. Empurrei as palavras devagar, elas encontraram os dentes, rugosos por dentro, e escorreram por eles devagar, as palavras que eu não dissera, ainda. Por que precisava viajar, por que ali, por que sozinha, por que agora. A língua torcia as palavras e elas saíam inteiras, como se por falar devagar a menina fosse entender. E porque não entendia, as palavras saíam compactas, por polir. Os ombros subiam e desciam, quando terminei de falar os dedos estavam colados à capa do celular, mostrando a minha impressão digital, aguada.

Entendes? – perguntei.

A menina abria e fechava os olhos ao ritmo do que eu dizia e, quando me calei, ela continuou a ouvir.

A velha prestava-me atenção também, repetiu algo e bateu com a mão no peito. A caixa mexeu-se, da esquerda para a direita, da direita para a esquerda. O velho levantou-se e foi ao corredor, abriu a janela e fumou um cigarro murcho enquanto o pedraço entrava. É por isso, disse. Pesava-me o queixo, e os olhos, mas os dentes estavam úmidos.

O velho voltou, pegou nas malas. A menina abraçou-me e repetiu algo. Demasiado longo para ser um "vai tudo correr bem". A velha deu-me um raminho de flores secas, que trazia no saco, e um cigarro.

Fui ao corredor, abri a janela e fumei. O pedraço aqueceu-me o rosto.

Eles desciam devagar e nenhum olhou para trás.

Quando voltei ele abriu os olhos. Estávamos de novo os dois, e a caixa. Puxou-a para ele. Ajeitou-se na cadeira. Os olhos brilhavam e eu ainda não via pestanas. A caixa sossegara. Começou a falar.

Algo sobre a mãe, isso, era sobre a mãe. A mãe era ossuda ou tinha os dedos finos. As lágrimas eram curtas, o olho cada vez mais magro. A caixa deslizou um pouco. Alguém lhe bateu, à mãe, e ele chegou e viu. Algo assim. Ele bateu em alguém, alguém que não era a mãe. Isso, alguém que batera na mãe. Depois, riscou um fósforo? Talvez. O fósforo. Pegou na caixa, aquela caixa que ia da esquerda para a direita e da direita para a esquerda. E estava ali, não sabia para onde ia, mas ia. Ia com a caixa.

Apontou para a caixa que se mexia mais rápida, em círculos, de cá para lá e de lá para cá. Da esquerda para a direita e da direita para a esquerda. Como um remoinho no mar.

Foi então que pensei:

Por que não piava aquele pássaro?

O DEUS GORDUROSO DA MÁ SORTE

Os sonhos passavam entre os pelos, secos e escuros. Via a esquina, o lombo, e algo parecido à fome despertava no seu corpo. Acordava e bebia água sem sede. Meu sítio seguro, meu sítio seguro, repetia fechando os lábios com força, para depois os abrir e roncar. De novo a escuridão áspera tinha patas magras, orelhas pequenas, tão pequenas como cantos de papel num álbum negro.

Ontem, não dera sete passos para trás, nem se benzera, nem ao menos mudara de direção para fazê-la corresponder à do gato negro com quem se cruzara. Coisa que o deus engordurado da má sorte não perdoaria. Tão firmemente o via empoleirado em azevias de Natal, bagunçando dedos, língua e boquilha em grão açucarado, que teve que voltar, o quanto antes, ao lugar do desencontro: a esquina entre a praça e o mercado.

O bairro era antigo, longe do centro. Nos últimos anos, o metrô, os autocarros, a pista de bicicleta, aproximaram-no da cidade. Começaram então as modernizações. Todo o mercado era novo, as bancas arejadas, grelhas no chão para escorrer a água do peixe e dos queijos e das flores. Nas traseiras ficara aquela esquina, ficara testemunhando o passado, o esquecimento.

Um raio não cai duas vezes no mesmo lugar, dizem. É mentira, claro que cai. Ainda este ano conhecera duas histórias: pai tem um ataque cardíaco fulminante enquanto passeia o cão no parque, está com o filho, que espreita as senhoras divorciadas que passeiam os filhos. Na atrapalhação, filho também tem um ataque cardíaco fulminante. Cai em cima do cachorro. Morre pai, filho, cachorro. Um raio cai três vezes. Que outros casos? Ai, melhor nem pensar. Se o gato passava por ali de manhã tão cedo, ou procurava fêmea ou vive ali perto. Má sorte seria que ele estivesse à procura de companhia só para aquela noite. E um raio pode mesmo cair mais de uma vez num lugar só.

Naquele caso o cair do raio era a ausência dele.

Parou na esquina. Era um país livre, podia ficar ali à espera o tempo que quisesse. Passou uma velhota com um carrinho de compras, lia o folheto do Lidl[1], o supermercado que ficava dentro do mercado. Está tudo bem consigo, menina? Sim, sim, é um país livre, posso ficar aqui à espera o tempo que quiser. A velhota concordou, e aproximou-se. Diga-me lá, menina, você acha que estes pijamas são quentinhos? Mostrou-lhe os polares cheios de corações. Cheira mal aqui menina, foi por isso que parou? Exemplificando a que se referia, soltou uma sequência rápida de gases. Ela não soube o que dizer. Eu aproveito estas esquinas, menina, o cheiro a xixi de cão e gato, os machos cheiram mais, não sei se já reparou, e eu não consigo segurar muito os esfíncteres. Partos? Suponho, e o meu falecido marido também gostava de visitar grutas escuras. Ah, o raio do gato trouxera todo o tipo de má sorte, agora era confidente da

1   Rede alemã de supermercados, muito popular em Portugal, que se caracteriza por preços baixos e diferentes campanhas semanais.

vida sexual alheia. Aceita um cigarro, menina? Não fumava há uns tempos. Ficaram a fumar caladas. A velhota aproveitou para largar mais umas bombinhas de cheiro. A menina está a prostituir-se aqui? Diga?! A menina é bonitinha, está numa esquina, sem fazer nada. Não, claro que não. Era só para saber se queria mais cigarrinhos, depois daquilo parece que apetecem. Enquanto a via afastar-se pensou que ela poderia saber algo sobre o gato. Olhe, sabe de um gato preto, costuma andar por aqui. Oh, filhinha, não fique numa esquina a chamar a má sorte. Afastou-se, o cabelo quase todo branco, o casaco de lã cheio de borboto, puxando o carrinho atrás das costas, como um animal de cauda descosida. Era surpreendentemente ágil, parava a cada poucos passos como se refletindo sobre a vida e depois avançava ligeira. Pensou no deus gorduroso da má sorte, rindo de boca cheia, sons estrangulados na garganta que farfalhava a chantilly.

E o gato não aparecia. Imaginou a velhota a fumar sobre a linha dos comboios, contando carruagens e lançando chuviscos de papel rasgado de publicidade. Voltaria amanhã. No caminho para o trabalho comprou um maço de cigarros e o jornal do dia.

O gato negro atravessara-se no mundo.

Novamente, o mesmo sonho. Peles finas, secas, escuras, uma fome. Procurou comida na despensa quase vazia. Na geladeira, leite. Bebeu. Fumou um cigarro. Olhou a rua deserta. Ao longe um avião que chegava. O som ecoou pela avenida, e ela fechou os olhos. As asas do avião empurravam o som como um suspiro que avançava no alcatrão, sacudia as folhas vermelhas, subia pelos prédios velhos, vibrava-lhes nas janelas e expandia-se pelas casas mais baixas. A rua bocejava. Escureceu de novo. O sinal verde da farmácia piscava, o semáforo junto ao louqueiro[2], intermitente. E o silêncio. Como podia haver tanto silêncio? Procurou as estrelas, um nevoeiro leve pressionava o céu, como uma tampa transparente de cacerola. O leite frio sabia bem, o cigarro quente sabia bem. Ouviu um ruído forte, de portão. Olhou para a rua. Tudo igual, intermitente, o semáforo parecia ter pressa: laranja, nada, laranja, gato, laranja, gato. No meio da estrada avançava o tal do gato preto. Pata, pata, pata, pausa. Pata, pata, pata, pausa. Largou cigarro, copo, agarrou a chave e saiu. Correu pelo meio da estrada, o alcatrão frio umedecia as meias, impurezas do asfalto martelavam dedinhos.

O gato sentou-se de frente para ela. A luz verde escorria-lhe sobre o pelo, como vento forte no centeio. Negro, brilhava, o laranja refletia nos olhos amarelos. Ele levantou uma pata. Lambeu-a. Devia ter trazido a lata de sardinha, pensou. Parou. Agora eram ele e ela. Quem desembainharia o revólver primeiro?

O gato olhava-a, parecia-lhe totalmente natural aquela situação. Ela deu sete passos para trás, benzeu-se, vai de retro, vai de retro[3], começou a dizer. Era consciente do ridículo daquela situação. Recuou lentamente, mãos coladas às ancas magras. Se puxares do revólver, estou em condições de disparar. O gato bocejou. Espreguiçou-se metódico e depois gritou.

---

2 O mesmo que hospício na fala coloquial.
3 Vai de retro, uso coloquial, muito comum, da expressão em latim *vade retro, satana*.

O grito ecoou pelo asfalto, o gato corria na direção dela. Que revólver nem meio revólver, ela não tinha era nada além das chaves. Desembainhou-as. O gato passou por ela a toda a velocidade. De chaves em punho, os olhos fechados. Um cão ladrou, lá atrás, no início da rua. O deus engordurado da má sorte, ria-se como um porco, pelo peito escorria-lhe saliva. Era uma ridícula. Voltou para casa, eram quatro da manhã e duas meias molhadas, na marquise ardia a sua coleção de revistas de noiva. Voltou a passar por ali, de manhã, de caminho ao trabalho. A cidade tinha aquele tipo de luz, um amarelo brilhante, forte, que fazia doer as pálpebras de cima, secar os lábios e as mãos, e aquecia as costas de quem caminhava. Era o tipo de sol que fizera tudo: as ruas estreitas e longas, os azulejos azulados, a sensibilidade poética das suas gentes e a sua incapacidade de esquecer a solidão. Parou na esquina. Cheirava a urina e a vômito. Do gato, nada.

Passou um homem, anão, robusto como um cofre. Na mão uma bolsa de plástico transparente, cheia de água, com um peixe vermelho. Mostrou-lhe o peixe, ela sorriu. Como se chama? Ainda não sei, disse o homem. O sol refletia no plástico, na água, nas escamas. Se o sacudisse podia cair neve sobre o vermelho, e o peixe giraria como um galo de telhado. Alguma sugestão? Lembrou-se do gato preto perto do semáforo, lambuzando a boca escura, a língua esponjosa, ácida. Morte e tomate. Sardinha era um bom nome, disse. O homem tinha dentes muito brancos, gostara. Estendeu-lhe um rebuçado[4] redondo, um papel de celofane vermelho, as letras brancas: Flocos de

---

4 Tipo de bala.

neve. Os clássicos. Ela aceitou. Ofereceu-lhe um cigarro, ele aceitou. O homem seguiu pela rua, um passo oscilante de homem pequeno, um barco cômodo na rebentação. Fumou. Do gato nem rastro. Da velhota também não. Descascou o floco de neve e foi chupando a infância até o metrô.

O expediente começa às nove! Desculpem, tive um problema em casa, um pequeno fogo. As mulheres levantaram-se todas. Querida, então, então, como, estás bem. Inventou qualquer coisa, o forno ficara mal apagado, agora tinha que pintar a cozinha e trocar de aparelho. As mulheres organizaram logo uma folha no Excel. Não te preocupes, trazemos-te o jantar, todos os dias, esta semana. Agora era uma mentirosa. Foi até a casa de banho, ter um momento velhota dos pijamas, quando saiu a chefe lavava as mãos. Corou. Nervoso, não é? Nervoso, repetiu. Trouxeram-lhe chá e bolachinhas, e na verdade bastante conforto. Continuou a pôr números no ecrã: Loja DespMartins comprara três pares de Nike, tamanho 36, 37 e 41. Modelo feminino.

O peixe nadava, de cá para lá. De lá para cá. De cá para lá.

Essa noite o sonho foi diferente. Espremia a esfregona para a guardar no armário quando um gato negro pousou no seu ombro direito. Olhou-o sem medo, viu-o engordar, manchar-se de branco. Era Espinhas, o gato da sua infância. Branco e preto e gordo. Olhos verdes semicerrados, mimoso. Estava contente de o ter ali, e ele estava contente de ali estar. E não pesava quase nada no seu ombro, mesmo estando tão gordo. Estremeceu. Mas tu estás morto! Ele tocou-lhe a face, com a pata, era ele, era mesmo ele. O pelo doce, hálito a atum, esfoliação de rosto, o cheiro que ela esquecera, e era ele, era mesmo ele. Tu estás morto! E era ele, mais gordo, mas era ele. Afundou a mão no seu lombo, e os dedos voltaram cheios de vida, ele ronronava e fechava os olhos, estendia o pescoço. Tu estás morto e estás aqui, disse-lhe. O gato miou o nome dela, ou o que fosse que ele lhe chamava. Tu estás morto, morto! Um terror tomou conta dela. Gritou, gritou, gritou. E o gato esfregava-se nas pernas. A janela estava aberta. Por quê? Vomitou. Suava até ao cocuruto. Procurou o gato pela casa. Ele estava ali, e ela sabia. Alucinei, só pode. Do gato nem rastro. Tomou banho, mudou os lençóis, mandou uma mensagem à amiga: alucinei o meu gato. Estarei louca, escreveu, apagou. Bebeu um copo de leite e olhou pela janela. A rua vazia, tão vazia, todo o tipo de coisas podiam acontecer ali. O silêncio, a quietude, as estrelas escondidas. Que grande mentira. Perto do semáforo viu passar o anão e o saco de plástico.

Evitou a esquina. O deus gorduroso da má sorte tinha era que ir catar pulgas a gatos vadios. Ela benzera-se, dera sete passos para trás, pelo sim pelo não até lhe dissera que ele fora de retro. Imaginou-o chupando as unhas açucaradas, e os dedos sebosos de manteiga, o peito sujo de marmelada.

Não queria pensar mais naquilo, foi de autocarro para o trabalho, teria que caminhar mais, mas um pouco de sol ia-lhe fazer bem.

Para hoje tens sopinha de espinafres, peixinhos da horta com arrozinho de tomate, e um leitinho creme que só falta tu queimares, ai desculpa querida, esqueceu-se-me, põe uma canelinha que fica bom à mesma[5]. Era dona Lídia, pelo visto hoje

---

5 "Fica bom à mesma" equivale a "dá no mesmo".

era o seu dia de lhe trazer o jantar. O vermelho fora do lábio, preso no dente, as mãos com cheiro a creme, um olho muito quieto, muito quieto. Obrigada, dona Lídia, você é uma querida.

E era, mas dona Lídia dava-lhe sempre um bocadinho de nervoso. Imaginava que ela podia em qualquer momento repetir as palavrinhas, e, ai, não podia ela repeti-las e as palavras vinham, danadas: Beetlejuice, e não podia dizer, Beetlejuice. Disse a si mesma: leite creme, leite creme, leite creme, bombocas, bombocas, bombocas, pipocas, pipocas, pipocas. Não estava mesmo nada bem, repetia palavrinhas, tentava esquecê-las com invocações de açúcares, alucinava gato da infância. Fenomenal, era uma doida. Que tipo de pessoa coleciona revistas de noivas se não tem namorado, corre atrás de gatos, e aceita rebuçados de estranhos. Uma ridícula, uma ridícula, uma Beetlejuice! Maxijoaquim queria exclusividade da Le Coq Sportif, Desportomarques só Adidas.

Passou pela esquina, a caminho de casa, cheirava a xixi e a cocô e a vômito e a sopa de espinafre e a peixinhos da horta. Já era de noite, porque o inverno é caprichoso. Esperou. Nada. Olhou o telefone, a amiga não respondera. Esperou. Do mercado saíam caixas de plástico escorrendo água, cheirava a peixe e todos usavam galochas. As galochas faziam schlep, schlep, schlep. Uma loira muito loira aproximou-se. Quer um peixinho, menina? Tinha o cabelo encaracolado de cabeleireiro mas a franja esticada. Um peixinho? Sobrou garoupa já não vale a pena guardar para amanhã, leve para casa, para si, para o gato. Mais perto, as galochas respingavam, a mulher tinha dentes amarelos, magros, encavalados. Mostrou a garoupa, os olhos baços, os dentes encavalados, magros e amarelos. Pôs-lhe o peixe na mão. O peixe pingava. Guardou o peixe no saco dos peixinhos. Quer um cigarro? A loira aceitou. Ficaram a fumar enquanto os homens moviam caixotes de plástico de cá para lá. Sabe, eu só como carne, disse a loira. Deitou o cigarro aceso para o chão molhado de garoupa, sacudiu os dedos e foi embora.

O saco pingava. Do gato nada. Começou a andar. Um ciclista cortou-lhe os passos, um zigue-zague de pernas e bolsas, ele pediu desculpa e seguiu. O rabo dela no chão e a garoupa na calçada. Escorria-lhe sangue pelo pescoço e manchava a pedra branca. Uma menina aproximou-se, de cócoras observou-a. O seu peixe morreu, disse, e você partiu uma perna? Não, não. A mão pequena ajudou-a a se levantar. Entre as mãos a menina segurou a garoupa, ela procurou com o olhar a terceira mão que a segurava. Uma menina igual à outra. Guardou a garoupa no saco. Pode dar aos gatos da associação, disse a segunda menina. Imaginou sete gatos a fumar cachimbo. A menina um deu a mão à menina dois, a menina dois tinha a mão cheia de garoupa e aceitou, saíram a andar à sua frente. Como? Uns gatos, sempre perto da associação de poesia, vadios, sabe, pode deixar lá!

Foram de mão dada todo o caminho, como os recortes de papel que se arrancavam a uma mesma folha, e enfeitavam a festa da sua escola, no tempo que o Espinhas lhe aquecia os pés, que um casal de gatos da vizinha, chamados João e Joana lhe pareciam um golpe de genialidade. A vossa mãe? Não responderam, não deviam ter ouvido. A água fria caia-lhe sobre os pés, chapinhava dentro do sapato. Schlep, schlep, Beetlejuice. A associação era um clube de leitores e declamadores de poesia. Ficava na esquina do beco. Escuro. Estava fechada. Espere os gatos aqui. Sorriram muito sorridentes. O metal que as atravessava passava de uma boca à outra, um carril de comboios.

Imaginou, lá em cima a velha rasgando o catálogo do Lidl, lasanha três euros, roupinha de bebé para menina 7,99, coelhinhos rosados e pompons de acrílico.

Não sabia bem que fazer, deixar o peixe ali, no chão parecia-lhe demais. Segundo o horário, abria as nove. Daí a dez minutos. Esperaria. Acendeu o isqueiro, a chama dividiu-se em duas e ela prestou atenção. Era um vidro o que ali estava, podia ver o isqueiro e a mão e o cigarro mas não se via a si. Seria vampira? Recordou o alhinho na posta do bacalhau. Não era isso. Sobre a janela havia uma cortina de veludo. Aspirou o fumo, os dedos em pinça levantaram o véu. O vidro partido mostrava uma associação esquecida, cadeiras deitadas, livros úmidos, cheiro fétido a brita. Que fazia ela num beco, a espreitar por uma janela partida, com uma garoupa a pingar no sapato. Tudo era culpa do gato. O cigarro caiu devagar refletindo nos olhos amarelos, aqui, ali, além. Um miado, e outro e outro. Procurou o isqueiro, não ia dar parte de fraca, puxou de outro cigarro. Soube a algodão e a cinza, acendera o filtro. Os miados cada vez mais próximos, três gatos. Um negro comprido, uma gata cinzenta grávida, um persa negro. Vou meter a mão no saco e tirar de lá uma oferta, disse bem alto. Eles avançaram. Tinha medo, ela que não era de ter medo nem a aranhas e agora pensando bem era mosca numa teia felina. A garoupa escorregava-lhe pelos dedos e o grasnido do plástico punha os gatos em sentinela. Movimentos lentos, calculados, colocar a garoupa no chão. Deu sete passos devagar, para trás, e correu para casa.

Essa noite tomou vinho, um relaxante muscular, colocou a máscara nos olhos, e tampões nos ouvidos. Não acordou, nem bebeu leite, nem fumou, nem viu a rua. Sonhou com duas

bebés vestidas de laços rosa, comendo costeletas grelhadas.
Agora sabia onde eles viviam. Dera sete passos, benzera-se,
vai de retro, e toma lá um peixinho. Acabou. Imaginou o deus
engordurado da má sorte a receber uma carta: fui! Ele espu-
mava, batia o punho na mesa, mordia chapéus de chocolate e
rasgava um leitão assado morderdendo uma romã.
Que se lixe, ele e seus apetites.
Aquela semana deixara demasiadas marcas: olheiras,
perdera peso, recomeçara a fumar, tinha gases. No trabalho
olhavam-na com atenção. Não era uma mulher bonita, não se
podia dar ao luxo de ser uma doida varrida. Precisava retomar
o controle da sua existência.
Foi cedo para o trabalho. Tomou café de máquina, fumou
na varanda, mastigou pastilhas para o hálito. Sentou-se à secretária e dona Clotilde veio falar-lhe, melhorzinha menina, estou
sim, agora melhor, e do seguro já disseram alguma coisa, ai nem
me diga não lhes disse nada, eu cá me arranjo com paciência,
tome filhinha, fiz lombinho assado, puré de maçã e castanha,
só lhe trouxe foi uma pêrinha de sobremesa, obrigada é um
doçura, que fazia eu sem vocês. No computador leu: Despotejo:
quatro sapatilhas; Ciclomotor: dois pares de calças térmicas.
Mensagem da amiga: desculpa a demora, vais para os copos[6]
sem mim. Quatro pares de Adidas devolvidos, o natal tá aí
quase, vamos fazer amigo secreto. Digitou: ginásios baratos em
x, tintas plásticas cores na moda. Chegou um pedido de lan-
ternas de bolso, era departamento da dona Lídia, beetlejuice,
Beetlejuice, dona Lídia este é para si.

---

6 "Ir para os copos" significa sair para beber.

Foi inesperado, o despedimento? Foi. Um dia as donas traziam-lhe o jantar e o dia seguinte a chefe soltava gases dos nervos: desculpa minha querida, e com tudo o que tu estás a passar, mas lá de cima, são ordens, temos que despedir, temos que despedir, tu és a que tem menos tempo de casa. E o amigo secreto? Ficou calada. Faz conosco à mesma. No sorteio saiu--lhe a dona Ermínia, era a mais velha, do canto, que chorava agarrada ao lenço com as suas iniciais, com tudo o que te tem acontecido à minha menina.

A chefe deu-lhe boleia, pôs o feto na bagageira com cuidado, ofereceu-lhe a impressora a laser. Sem ti ninguém a vai usar minha querida, tenho tanta pena. Não a convidou a subir porque o que tinha ardido eram as revistas de noiva e não o forno da cozinha.

Bebeu um copo de vinho branco. Fumou um cigarro. Mexeu nas revistas com os pés despidos. Tinha frio. Uma música repetia-se na cabeça: Quem quer quem quer casar com a carochinha que é muito rica além de ser bonitinha... Lá fora a rua palpitava, eram as luzes de inverno a chegar tarde. Por algumas janelas já se viam árvores de Natal e pais natais[7] suicidas. Ah, mas não podia ser. O deus engordurado comia fatias douradas e a canela dava-lhe espirros, sorria satisfeito e um enorme peixe cinzento servia-lhe um copinho de licor. Ele aceitava e fazia gestos, deixe a garrafa. O peixe não gostou, puxou para si o pano branco, perfeitamente emoldurado no terno e saiu. O danado olhava para ela e ria. Tás-te a lamber todo, é? Meu grandíssimo porco, gritou. Os cães da vizinha ladraram.

---

7   Pai Natal, o mesmo que Papai Noel.

Seria exagero dizer que fora só raiva, era também um bocadinho de fome. Saiu disparada. Passou na esquina, entrou no mercado. A loira atirava pedacinhos de gelo para o chão. Sobrou-lhe alguma coisinha? A garoupinha tava gostosa? Não valia pena contar-lhe toda a história. Uma delícia. Hoje sobrou sardinha, quer? Quero! Mas arrependeu-se, a sardinha estava velha, e ela não teria coragem de a comer.

Passou de novo na maldita esquina. A saca pingava-lhe os pés, mas não sentia frio. Cruzou a rua fora da passadeira e os carros buzinaram e ela não ouviu. As meninas acenaram-lhe da janela do carro conduzido pela velha que comprava pijamas polares de corações no *Lidl*. Da janela de uma casa, o anão sacudia a toalha da mesa, e ao longe a loura perfumava-se de *Gucci*. E ela avançou. E a amiga telefonava-lhe nervosa. E ela avançou. E o moço da bicicleta travou perto dela, perdeu o equilíbrio caiu sobre o cão que descera a rua para perseguir o gato. O gato preto, que se lhe atravessara, no meio do caminho, no meio do destino, fugia para dentro da associação de janela partida, onde a poesia era mijada por gatos por castrar e na porta de tudo aquilo, uma gata cinzenta paria com dor e frio e vergonha e não foi nem capaz de se mexer quando ela largou as sardinhas e lhe fez um berço com o cachecol de lã. E saiu um gato. E saiu outro. E saiu outro.

Os machos comiam, arrastavam a bolsa azul, as escamas refletiam-lhes o medo, e o respeito. Os gatos, afinal, não eram bichos curiosos. Eram bichos sem pelo atados a uma teta. Ratinhos com menos cauda. Tudo aquilo era uma ternura e ela começou a rir muito alto. Não era um riso ridículo, e ela não se preocupou de disfarçar. Deixou a gata e o lenço. As mãos gotejavam cheiros a podre.

Entrou num café e pediu uma caixa de cartão, ou algo assim, que tenha a jeito. Com certeza, mas para quê? Os olhos do moço, sobrancelhas cheias de perguntas. Uma gata acaba de parir, ali ao lado. Onde? Aqui ao lado do seu café, na esquininha que tinha poesia. Ah nós damos-lhes sempre de comer, é a Ofélia, gritou, a Ofélia teve gatinhos. Duas mulheres saíram da cozinha, paninhos, e taças de leite, e o moço com uma caixa de cartão. Despediram dois velhos e três bagaços, fecharam o café. Como lhes vamos chamar, perguntou o moço. Beetlejuice, Beetlejuice e Beetlejuice. Ele riu. Cala-se Lydia! Também tinha visto o filme[8].

Andava a primeira Beetlejuice grávida, quando a mulher comprou uma revista de noivas, desta vez, era mesmo para ela.

---

8 *Beetlejuice, Os Fantasmas se Divertem* (no Brasil), ou *Os Fantasmas Divertem-se* (em Portugal), filme de Tim Burton, de 1988.

GUARDA-CHUVA

Chegou na hora h. Uma coisa do Universo, tudo dá certo ou errado ao mesmo tempo. Já reparou? Tudo faz ou não faz sentido no mesmo segundo. O Universo é um guarda-chuva. Às vezes clicamos no botão e estamos a salvo de todos os males, outras vezes carregamos no botão e furamos o olho. Universo. Guarda-chuva. Um clique. Plinfs, plasch, plunsch, no caso de já ter chovido. Plaf, pluf, plum, se a chuva for de estreia.

Era aquilo, aquela espécie de revolta, ou os antidepressivos. Ou ansiolíticos. Ou os rituais intermináveis de taças gastas, águas fervidas, saquetas de chá enrolando-se no fio uma da outra: camomila e cidreira; cidreira e doces sonhos, e as gotas de mel pegajosas nos dedos, os dedos peganhentos na asa da taça e eu a fechar os olhos e a queimar a palma da mão, a fechar os olhos e a querer esquecer as ofensas todas do dia. Ofensas? Sim, ofensas. Você reparou na quantidade de atrevimentos de que se é alvo num só dia? Talvez você fique só no escuro, tentando prender o ar no peito, sem que ele suba à cabeça ou desça rápido pelas pernas. Talvez suas pernas formiguem de raiva e o médico lhe diga que é só um efeito da anemia. Talvez nem diga isso, só estresse. Só estresse? Talvez.

Eu agradeço ao Universo. Se a minha vida fosse conduzida por mim, eu choraria na casa de banho. Teria a ofensa, perguntaria onde fica o banheiro, diriam que é no fim do corredor à esquerda, correria para encontrar a tampa fechada, levantaria a tampa com tirinha de papel higiênico, veria a poça de urina semisseca, choraria como criança pequena, limparia o nariz com papel higiênico rijo, ficaria com o nariz assado, pararia de chorar, tomaria um chá caprichado de ervas para idosos, estaria disponível para recomeçar o processo. Era aquilo ou aquela loucura muda, os dentes roendo os dentes, as costas furando o estômago. Uma coisa que nem é tristeza nem é raiva.

Então como te digo, posso tratar por tu? Foi na hora h. Imagina: supermercado, hora de ponta, calor, eu procurando chá, meu filho gritando que queria queijo em bolinhas. Queijo em bolinhas, com a cara dos cachorros do *Paw Patrol*, sabes, a *sky*, o *marshall*, a prisão de ventre! Tudo bem, vamos fazer a fila na charcutaria. A vitrine toda cheia de dedadas, condensação do calor das pernas dobrando e desdobrando, insistindo silenciosas com o atendente, e os fiambres lá, congelados. O dispensador de senhas quebrado. Quem é o último? Eu! O eu era um ele, medindo-me de cima a baixo, medindo, não vendo. A máquina dos fiambres zum, zum, zum. Um homem tossia em cima dos frangos no espeto, uma mulher com um leque e perfume de dama da noite. E o grito: Olhe lá aquele seu menino estragando a fruta! A carne do fiambre caindo na espátula, a máquina zum zum zum, o fiambre no papel-manteiga, a gordura fina escorrendo pelo metal, enrolando-se branca e amarela sem a graça organizada da mão humana, pesando-se sozinha, desbordando revoltada, lançando-se em desespero sobre os queijos amanteigados, amassando-lhes a casca, umedecendo-lhe a cura. Eu gelada. Todos gelados. Girei. Era o meu filho. Segurava a papaia com as mãos pequeninas, cheirava a ponta. Sorriu-me, cheira bem, mamã. E foi aí que o Universo abriu o guarda-chuva. Olhei o moço. Os olhos castanhos escuros como cascas de barata, plásticas, de *Halloween*. A boca úmida, tão úmida como os cavalos que se preparam para correr. Deixei a cabeça descair, vinte graus apenas, olhei para ele com os meus olhos de uma cor que eu já nem me lembro, mas depois tu dizes-me, para não interromper a história. Olhei profundo, sabes, como as senhoras que tiram as bolinhas no bingo, para a televisão, e disse: Você carrega uma grande dor dentro, você não sabe como se chama, você vem fugindo dela porque essa dor aparece nos olhos de quem você ama, ela diz que não te ama, que ela não te quer – ele franziu o sobrolho, então eu falei mais alto – Ele! Ele não te quer, ele não te ama, ele não vai ligar. – No cestinho dele, uma garrafa de vinho, ia ter encontro, ele estava na fila enorme da charcutaria, era hoje – ele vem jantar hoje, mas não volta. – Levei os dedos à sobrancelha e fechei os olhos com força. Olha, mamã, o meu filho, agora com outra papaia na mão, olha, mamã. Fiz cara de quem faz as necessidades: Você tem um segredo, tua mãe não te queria, você foi um acidente – depois falei bem baixinho, dizendo que não com a cabeça, para cá e para lá com a cabeça, olhei para as mãos dele, que tremiam, tremiam muito. – Não! Não foi um acidente, alguém forçou, alguém a forçou! – Aqui entusiasmei-me um pouco, horrível eu sei, mas sabes, estava mesmo contente com essa ideia, uma ideia forte, quando me dei conta, mudei de cara rápido, assim chocada, tentei tremer um pouco, como se emocionada mas focada, entendes? O meu filho ficou quieto, olhando, as pessoas quietas, olhando. Preocupados? Talvez, parecia um pouco de nojo, repulsa, e até o vinho que ele tinha no cestinho estava sendo posto em promoção naquele momento, ninguém queria mais comprar vinho de condenado. – Alguém da família! Sim, alguém da família. Seu pai não sabe, ah, mas ele jurou, ele jurou que nunca ninguém te vai amar! A barata tonta pousou o cesto no chão, e eu agarrei as suas mãos frias e olhei bem no olho dele, de perto ele até que cheirava bem, eu conhecia aquele cheiro, era Hugo Boss, um que tinha o Mark Vanderloo e dizia: Boss, *botteled*! Sabes qual? E sussurrei: Vai morrer cedo, sozinho. – E o meu filho veio ter comigo, a papaia nas mãos pequeninas, desfeita, escorrendo e tomado por uma piedade pura, sabes, dessas bem de criança, tocou nas calças do homem e deu-lhe um carinho, e assim talvez até aproveitou de limpar a papaia, e disse mamã o que ele tem? e o homem soltou as mãos das minhas e deixou-se cair, chorando, e tremendo, no chão, saía-lhe uma voz, dessas de velha em fim de festa. Mamã, mamã, ele dizia, o homem. E o meu filho olhou para ele e deixou a papaia, Podemos comprar amoras? Podemos, filho. E as pessoas olhavam para ele. O Universo empurrou-me para o desfecho, coloquei as mãos sobre os cabelos encaracolados dele, encaracolados em nós pequenos, escuros, que pensei que seriam quentes mas eram frios, e disse: Que pena. E as pessoas disseram que pena, repetiram quase em coro: Que pena. Talvez só porque não sabiam que dizer. E eu peguei na mão do meu filho e fui caminhando para a peixaria, porque me apetecia comprar camarões e champanhe, e as pessoas abriram espaço para nós passarmos pelo corredor, e nos deram prioridade na peixaria, e nos vinhos, e no caixa e eu, bem vistas as coisas, nem comprei o chá.

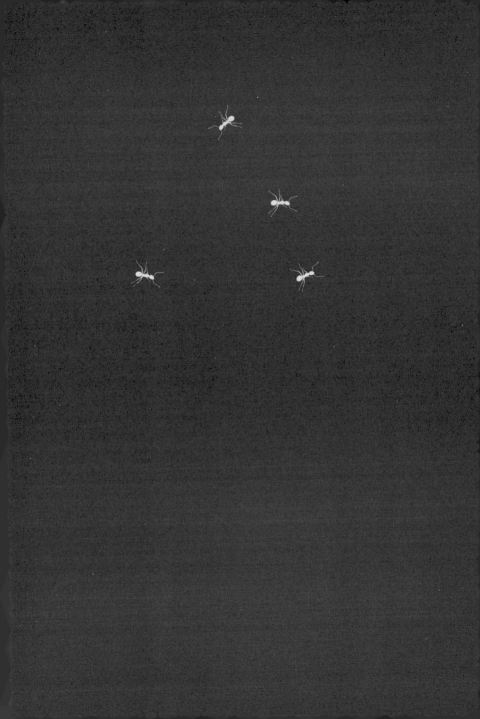

ARAUCARIA ANGUSTIFOLIA

Grito e ele acende a luz do candeeiro. O que se passa? Ele sabe o que se passa. O sonho? O sonho. Outra vez? Outra vez. Põe cara de maçada, apaga a luz e suspira.

Maçada, de maçã encerada, envenenada, maçaneta quebrada, maçada de peixe sem "s", robalo ou tamboril, molho de tomate, azia. Maçada!

O sonho, esse, sei bem o que é: não sinto as pernas. Fecho os olhos e imagino que as pernas pesam, que escavam uma profundidade qualquer no colchão. Ele já ressona. Fecho os olhos com mais força, talvez o sonho desapareça e as pernas voltem. Talvez o tomate não me dê mais azia.

Posso abrir a persiana, Flora? A cara dele, bem perto, hálito de intimidade. Penso no sonho outra vez. A luz cinzenta entra pelo quarto. Que dia feio, diz ele, hoje não há fogos, penso eu. A minha mão está ausente, preciso trazê-la de volta. Trazer é uma palavra estranha, como um cesto de vime, não cabe lá muita coisa.

Não te levantas? Vou, vou já. Não quero que saiba, por enquanto não quero que ele saiba.

Doutor, dói-me aqui, dói-me aqui, dói-me aqui... Quem conta finge que é o paciente e toca o nariz, a bochecha, a omoplata, o braço, o estômago, o peito, a perna, o joelho. O dedo hirto, saltitando de lugar em lugar, o rosto do paciente franzindo-se. O médico ri, diz: você tem é o dedo partido! É boa essa piada. O meu dedo indicador não está partido, talvez uma unha lascada. Dói-me aqui, dói-me aqui, boca, peito, costelas, umbigo, mas não é um dedo partido. Saltita, não para se queixar, mas para recordar à carne que está viva.

Os dedos, quem os toca? Mindinho, anelar, do meio, indicador, polegar, estico, estalo, sacudo. Havia uma canção sobre um ovo que se salga e come, como era? Os dedos serem irmãos, e este foi à feira, e este não engana este, ou eram os olhos, este é irmão deste e este não engana este.

Não te levantas, Flora? Sempre com pressa. E se eu tivesse dito a dona Benvinda, a que nos casou: aceito casar e cuidar, mas nego-me, nego-me a compartilhar horários?

Toco o osso da bacia, um lado e o outro lado. Duas boias de gordura e segurança. Toco a perna, o joelho, a coxa, o tornozelo, o pé, e o dedo afunda um pouco, a pele demora a responder, e depois vem, num formigueiro vagaroso.

O tornozelo é rijo, dói. Aqueço com a mão e giro-o debaixo do lençol, um lado, o outro, como as hospedeiras mostram nos aviões, evite uma embolia, evite um aborrecimento, tenha um pé contorcionista.

Tás doente? Não, é só o corpo que me dói... Eu também estou com gripe, estou mesmo mal.

Ele está mesmo mal. Mesmo. Dói-me aqui, dói-me aqui, dói-me aqui, que será, doutor?

Na cozinha abro a janela, há umidade e vento, pelos olhos escorre-me uma resina.

Não compraste café? O mundo colapsa quando não vou ao supermercado. Mesmo na umidade os pés pesam-me. Espreito as árvores, cidade fora, vestidas de blocos de pedras, taças de cimento, corroídas de xixi de cão. Encho o regador e um copo de água filtrada. Bebo água, rego as plantas.

Ele vê as notícias, imagens rápidas, cheias de legendas vermelhas e o volume no máximo. Sento-me enquanto a cafeteira aquece.

Afinal, havia café, Flora?

Nas notícias uma mulher fala, tem os olhos vermelhos, na mão uma garrafa. O papel da garrafa está rasgado. As mulheres falam pelas unhas.

Francisco P.F.A. nasceu em 2013, já o ano se encaminhava para o fim. Um bebê gordinho, "muito sorridente", dizia a vizinha Aldina, "desses bebês que não dão trabalho, o pai dele é que era um bêbado!" Um bebê gordinho, parto natural, a casa preparada, toda do Mickey. O pai voltou para Portugal, deixara a vida de viajante, condutor secundário de caminhões TIR. Assim que o miúdo nasceu, alguma coisa ficou muito estranha. Clotilde Maria tem a mercearia aqui; aqui, vai para mais de trinta anos: "Estranho, descuidado, bruto e depois o cheiro a álcool, os dias passados na taberna do Ricardo...". Ricardo Alves não quis prestar declarações. "A Ana separou-se, sabe, a mãe, disse que não era bom nem para ela, nem para o filho. No fim das contas, todos cometemos erros, e esta juventude de hoje faz muito bem em não querer penar toda a vida." O divórcio saiu em 2015. Ana conheceu Luís de tanto estacionar em frente ao tribunal, ele era o polícia de trânsito destacado para a zona. Clotilde gosta dele, "É um mimo em que ele trazia o Chiquinho, era *croissant* de chocolate, mas sempre acompanhado com uma fruta, ia e vinha com o miúdo aos ombros. Olhe, era o pai que o cachopo não teve, e a Ana estava bem, engordou outra vez e tudo, que com o divórcio tinha ficado escavacadinha de todo!" Casaram em julho para que viesse o irmão mais velho dela, lá do Canadá, ele foi padrinho no casamento. "António vive no Canadá", conta Clementina, a tia de Ana, "Era o do meio, César, que estava com ele, com o menino. Sempre foi o grande apoio dela, padrinho do Francisco, o tio desvivia-se pelo garoto, ia buscá-lo à escola, ia com ele ao pediatra, à farmácia... Ele nunca casou, sabe-se lá, sempre com um amigo para cima e para baixo, bom moço também, da Guarda. O Chiquinho chamava-lhe pai e tudo, às vezes, esses enganos em que saem as verdades pela boca das crianças." Ao menino e ao borracho, põe-lhes Deus a mão por baixo. Não foi o caso. Ana e Luís em Cabo Verde, de lua de mel. Francisco com o tio César, e Pedro, o amigo deste, e o inferno chegou. "Era um calor que fazia, e vento, aquilo ateou num instante! Pensou que o melhor era abalar, com certeza." Joaquim Santos, primo de Ana e César, não esconde as lágrimas. "Os três foram desviados pela Guarda Nacional Republicana, Pedro foi o primeiro a desmaiar. César terá tentado tirar o miúdo do carro, caiu desmaiado, talvez depois de lhe tirar o cinto", conta Paulo, bombeiro voluntário. "Vê-se bem que ele quis foi salvar o miúdo, era um pai, um pai..." Clotilde chora.

Francisco terá saído do carro, para desmaiar três metros adiante. "Talvez a mais triste vítima de um verão que ceifou uma centena de vidas e milhares de passados."

A mulher de olhos vermelhos parou de raspar a garrafa. No estúdio fresco o homem engravatado retoma as notícias.

Queres mais pão, Flora? Escorria-me quente uma gosma pela vista, não sabia quando começara a chorar. Queres mais pão? Ele apagou a cafeteira. Eu ainda não tinha comido pão nenhum. Ia tomar banho primeiro. A água chama água, e chorar deve ser a sós, no duche, na banheira, na chuva. Quanto mediria o corpo de Francisco quando tombou em seco? No duche o meu corpo pesa, cai para trás, como se fosse eu a arder naquela estrada e quisesse mesmo queimar-me no passado. Deixar o futuro, para ele.

Futuro é uma palavra transparente. Às vezes, não damos por ele.

O espelho desapareceu com o vapor. O pé direito enrijece, cada dia mais depressa. Espalho o óleo de jasmim e flores de Bach, para o desânimo, para a inflamação. "Coloque uma noz na sua mão, aqueça esfregando uma mão na outra e espalhe sobre a pele seca."

Chove, mas ainda há risco de incêndios, por isso deixo a pele molhada, espalho o óleo frio. O cheiro forte rompe as narinas, escorre pela garganta, a traqueia, alastra no peito e os ocos do corpo desenham-se de veios. Começo pelos pés, pernas, ventre, peito, braços, pescoço, orelhas, que são gordas e pesadas, o nariz comprido como uma exigência. O dedo para no couro cabeludo.

Ali as coisas são de outra maneira. Extrato de aveia, amacia a folharia rebelde. Seco e escuro, brotam brancos rijos como cordões de vime. O branco não é branco, começa claro e suja-se de castanho, de ouro e prata, parece resina de pinheiro bravo.

Dos pinheiros bravos, eu lembro-me. Todos os verões, desde a primavera, talvez, homens sem corpo rasgavam troncos inteiros, uma telha de vaso, recebendo a seiva. Para que servem, mãe? Recolher a resina. A resina é o destino das árvores, pensei, como búzios sobre cangas, borras no café turco, figurinhas coloridas em maços de cartas. Depois do *pic-nic* na mata, os meus pais estendiam-se na manta, dormitavam. A minha mãe tinha o cabelo frisado, a permanente correra mal, e o meu pai um bigode farfalhudo. Na ponta parecia papel queimado, do cigarro. Libelinhas cobriam o rio magro, e eu ia de árvore em árvore ler a resina. Abundância era dor: perdera pinhas, pinhão e sabia-se caruma. Acastanhada: era tronco sem bondade, negando sombra e tato e proibindo os dedos de procurar musgo, escamas secas ou tempo em espiral.

Cada tanto a telha que era um vaso estava cheia e escorria o destino para fora. Foi o Dom Dinis quem mandou plantar. Na escola disseram que antes ali, no pinhal, o que havia eram areias movediças. Movediças, como um altar de bruxas. O pinheiro segurou a terra. Cresceram. Bravos e mansos. Foram terra, barco, boia e náufrago. Foram mesa, cadeira e cama. Foram calor e sombra.

Ele bate à porta. Vais ao mercado, Flora? Sim. Não te esqueças de comprar fruta, ficas bem?

O vapor desaparece devagar, volta a imagem. Nódulos esculpidos mostram olheiras, covas, rugas, castanhos como olhos os sinais que o dermatologista aprova com uma lupa. A boca seca precisa de outros bálsamos. Manteigas de karité, vaselinas, mel. Depois. Os olhos como musgo seco, cada dia mais brancos, combinam com a folhagem. No outono, perderei cabelo?

Será vazio o inverno?

A perna quieta, rija, precisava trazê-la de volta, acordar os dedos dos pés, o calcanhar, o tornozelo e trazer daí umidade, calor. Menino Francisco. Não pode ser, não quero, não pode ser. Talvez não se chame Francisco, não tenha sido nunca feito, nem parido, nem amamentado. Talvez em algum lugar no tempo, tudo aquilo não tenha acontecido. Ele deixou a manta no sofá, o café e o jornal sobre a mesinha. Uma nota: Amor, tenta sair. As cortinas corridas, lá fora paralelepípedos azuis, cubos brancos e azuis escuros, estrangulam árvores na sua solidão.

Amor? Uma maré de túnicas azuis e vermelhas bordadas de nomes pequeninos, brasões colegiais, chapéus de coco e vozes finas sobe a rua: quem tem medo do lobo mau, lobo mau, lobo mau... Alguém sacode o tapete com força. Gostava quando se ouvia um amolador de facas, o carrinho festivo dos congelados.

As pernas quietas de novo, ripas maciças, devia aquecê-las, beber algo quente. Talvez. O homem continua a buzinar. As crianças calam-se e o tapete volta para casa, uma persiana desce. Uma brisa quente nas pálpebras. Cheira-me a rio e estamos longe, é o lodo que insiste, discreto.

E se eu não esperasse o outono?

As pernas cada dia enrijecem mais rápido, deixei-me ficar junto à janela.

O vento quente entra e o corpo desaparece, endurece de molezas. O tórax oco, solta ossos, músculos e coração, que descem pesados à terra. O umbigo abre-se para olhar o mundo. Os braços alongam, crescem macios, e o seu peso logo se faz leve, e livre e simples. Os dedos curtos, maleáveis, dependentes da luz e do frio. O útero vazio fechando-se em concha, e as pernas engrossam, enredando-se uma na outra. Posso sentir como as veias palpitam, estrangulam para logo desaparecer. Todo o corpo, aperto e alívio. Fixando palavras que não escutara ainda. Lá fora a terra palpita, inchada, ajeita-se num pijama apertado, deixa escapar um suspiro e um ronco e nada disso eu soube ou intuí quando me preocupava com o carro que não carburava, o cogumelo que se perdera na chuva, a celulite ou o medo terrível que sempre tive aos trovões.

Agora tudo era, no fim das contas, sólido e simples. E por isso durava pouco e não tinha sentido que não fosse assim.

Foi aí que ele voltou para casa.

Flora, a vizinha ligou, tu estás a dar um espetáculo! Flora!

Sinto ainda a cara formiga antes de enrijecer. O corpo desapareceu, é um resto de morno.

Há muito tempo que não me sentia tão bem.

Flora...!

Só mais um pouco, tudo acabaria e ele nem teria maçada nenhuma. Maçada. Só talvez de me transplantar para um vaso na varanda ou para uns paralelepípedos. E se ele me deixasse ficar nessas mortalhas rijas de cimento barato?

Devia ter escrito um testamento, ou uma nota, sobre o terreno da minha mãe, agora só tinha eucaliptos imberbes e era um pouco triste.

Nem sei o que seria. Nem sabia quem era.

Talvez fique sozinha lá, olhando de esguelha a comida de coala. Oxalá ele se lembre de me replantar, de deitar as raízes com cuidado, resguardar espaço para eu crescer.

Flora, Flora!

Flora! Amor...

Fechou as janelas, deve ser porque está tão mal. Tosse e pragueja e tapa-me com um edredom. Força-me a sentar, e as pernas doem e chiam e os pés sobrevoam o tapete. Esfrega as mãos, rápidas, em mim, como carteirista[1] de metrô procurando um tesouro. Os olhos dele estão vermelhos.

Amor?

Está alguma coisa a arder? Perguntei.

Não há incêndios hoje, Flora...

O meu corpo voltava, voltava como dantes.

Ele estragava sempre tudo.

---

1 Ladrão de carteiras.

SUNSET

O telefone tocava. Faltavam trinta minutos e o telefone tocava. Ela sabia o que isso queria dizer. Vinham a caminho. Nos seus carros fúnebres, a fumar cigarros caros, embrulhados em gravatas de seda.

A casa continuava igual. Branca, janelas verdes, as petúnias mentindo até setembro, a ferrugem seca no portão.

O que mudara fora ela.

Tinha que sair e entregar as chaves, assinar um papel qualquer, cheio de duplicados[1] e de este é para si, este é para mim. Ninguém entraria para ver como estava a casa.

Não agora.

Uma escova nos dentes, três para a direita, três para a esquerda, de dentro para fora, língua. Outra no cabelo, três para trás, três para o lado direito, três para o lado esquerdo. Sacudiu a cabeça três vezes para os cabelos escorrerem para o lugar certo. Os olhos inchados, pantanosos até as rugas.

[1] Duplicados, ou seja, cópias.

Hoje não usaria rímel.

O fecho da velha mochila estava gasto, subiu-o com cuidado, desceu-o rápido e guardou os dois vestidos. Olhou a toalha felpuda, bordada. Cheirou-a. Quanto tempo ficaria ali o cheiro dele? Imaginou-se a contratar um delinquente e o nariz de seu cão: Siga-o e parta-lhe as pernas, faz favor. Ou um braço, faz favor.

Com que dinheiro lhe pagaria?

Procurou os anéis, os brincos, a pulseira, no armário de madeira negra. O telefone tocava ainda, o gato miou até à gaiola. Desceu com a mochila.

O olho de peixe[2] da porta mostrava que havia luz fria do outro lado. Tinha que sair e esquecer.

Mas olhou, olhou para trás.

Aqueles degraus, um após o outro, uma grande cascata. Pousou gato e mochila e subiu de novo. A bancada da casa de banho, mármore rosa, cheia de potinhos e cheirinhos. A um canto as Gilletes dele, a escova de dentes com as cerdas tortas. Com que dinheiro lhe pagaria? Nas duas pernas, faz favor.

Dinheiro não tinha.

Passou o rímel, um dois três, um dois três.

Esticou o vestido, um dois três.

Girou a torneira da água quente, girou a da água fria, que guinchou, enferrujada, levantou o manípulo da banheira, abriu a torneirinha da retrete[3]. Na casa de banho dos convidados fez

2 O mesmo que olho mágico no Brasil.
3 O cano que abastece a privada.

o mesmo, mas no duche, ali não tinham instalado banheira. Desceu. Empurrou a torneira do lava-louças com o cotovelo, na casa de banho social rodou a torneira da água quente e a da água fria.

Cheirou o sabonetinho: alfazema.

Guardou-o no bolso do casaco.

As sandálias estavam ao lado da porta. O olho de peixe e a sua luz fria.

Desceu à garagem, calçou as galochas e abriu a água da casa das máquinas[4]. As galochas faziam ruído na carpete, um arranhar de unhas na pele seca. Pegou no gato com a mão esquerda, a mochila com a direita, saiu com as chaves na boca.

Não tinha mais nada a dizer.

O telefone tocava ainda. Um pássaro no peitoril da janela meneava a cabeça, escorria tanta água e ele sentia-lhe o sabor a fresco e a metal, deslizou a cabeça até o vidro, pancadinhas mansas insistiam. O telefone parou, e ele obedeceu a outro chamado.

Um rio de formigas atravessava a casa das máquinas. As formigas ouvem o silêncio, sabem o que significa um telefone sem ser atendido, uma torneira engolida por si mesma. Tentaram subir as escadas, mas as pernas eram curtas e os braços, miudinhos. Um outro rio se formava no chão de cimento. Flutuavam cestos de plástico, um vazio, outro com molas de roupa. Flutuavam pratos de papel e duas colheres de plástico.

4   Como em alguns lugares no Brasil, casa das máquinas designa o local onde se concentram os registros de água, gás e eletricidade.

Flutuavam umas sandálias de couro que se manchariam irremediavelmente. Uma camisa afundava, escura. Uma taça com detergente. Fizeram uma ponte até ela, precisavam morrer umas para que poucas navegassem. Três ou quatro subiram pelas laterais, passaram rentes a migalhas brancas e azuis, abraçadas em pedra. Deveriam suportar o cheiro intoxicante a brisa do mar.

A água subia, afundando os degraus, a máquina de lavar roupa, pedaços de azulejo para consertos iminentes, uma caixa de papelão com as recordações da faculdade dele, um troféu de rúgbi, um bilhete de *cheerleader*, o brinco que ficara preso nos assentos do carro dele. As formigas iam, navegavam na taça redonda, enjoadas de estrelas de uma galáxia muito, muito distante.

A água pingando morna para dentro do armário. Acordou as baratas. Ela guardara ali os sacos do lixo, os panos amarelos, os detergentes. A água cheirava a lixívia e a limão. O limão não lhe fazia bolhas nas palmas secas. O limpa-vidros, uma garrafa de álcool barata. O cheiro a limpo engolia o chão, os pés dos bancos altos, a taça de comida do gato, a brita, onde um ou dois laços de fezes se umedeciam. As baratas correram para as pedras, que cheiravam a rua que cheirava a liberdade. Perfumada, a água mordia a carpete da sala, cinzenta clara, coberta de pelos brancos de gata, e os ácaros satisfaziam a sua sede de frescura.

A lixívia de nada serve sem ser esfregada.

Na televisão, Leonard Cohen vestia um traje escuro, a gravata de azeitona, o chapéu no topo do nariz enrugado. *This waltz, this waltz, this waltz,* balanceava os braços quando a televisão se apagou num suspiro, a casa toda gemeu. A água embrulhara o interruptor, a faísca arrepiara de frio as paredes antes de as abafar num abraço morno.

As escadas pesavam como pernas de velha, fios de água abraçavam-nas, estrangulando as esquinas, mordendo pequenos sulcos na madeira. Uma aranha pequena alojada numa dobradiça, a água embrulhou-a como uma língua. Companheiras mais experientes subiram pelas paredes, teciam seguranças nas molduras. Eles numa festa. Eles no Ano-Novo. Eles de *sombrero* e *tortillas* na boca. Eles e o cão que morreu atropelado. Eles e o gato, ainda bebé, o mesmo que deixara a casa há pouco. As molduras quentes, do aquecimento central ou do breve incêndio que arrepiara a casa, cuspiram os pregos tortos do carpinteiro canhoto.

No quarto, o arco-íris morava aos pés da cama, aos pés dos armários, dormia nas pantufas arrefecidas. Enquanto houve dias, o arco-íris girou num disco gordo, que engolia água, e não poeira, um disco que limpava tudo, e dentro do disco duas pontas de lápis, afiadas, partidas, desenhavam suas preces. Pela janela fechada uma coruja pedia um rato, mas o gato comera todos. A coruja foi embora.

As corujas não fazem dieta.

O telefone não tocava.

O marcador de água tilintava ainda. Encontraria o silêncio semanas depois, e então a casa ficaria ali, úmida e embolorada, até ser vendida num leilão a um casal de mergulhadores.

Este livro foi impresso na cidade de São Bernado do Campo,
nas oficinas da Paym Gráfica e Editora, em outubro de 2019,
para a Editora Perspectiva